Jason Dark

Hexenwahn

Horror-Roman

BASTEI LÜBBE

BASTEI-LÜBBE-TASCHENBUCH
John Sinclair
Band 73 013

Erste Auflage: April 1982
Zweite Auflage: Mai 1982
Dritte Auflage: März 1983

Titelillustration: Agentur Norma
Umschlaggestaltung: Quadro-Grafik, Bensberg
Druck und Verarbeitung:
Hanseatische Druckanstalt GmbH, Hamburg
Printed in Western Germany
ISBN 3-404-73013-5

Der Preis dieses Bandes versteht sich einschließlich der gesetzlichen Mehrwertsteuer.

In den Augen des Mannes leuchtete ein fanatischer Glanz, als er langsam an den Schrank herantrat und seine Arme ausstreckte. Die Finger waren dabei gespreizt, und die Spitzen zitterten leicht, denn die Erregung des Mannes übertrug sich auf seinen gesamten Körper und ließ keine Stelle aus.

Endlich hatte er es geschafft. Er hatte lange geforscht und immer wieder Enttäuschungen einstecken müssen. Nun gab es kein Zurück mehr. Er hatte das Ziel seiner Wünsche erreicht.

Seine Hände strichen über das dunkle Holz. Es war fast schwarz, und der Mann roch noch die scharfe Beize. Die Oberfläche des Schranks, der etwa in Kopfhöhe an der Wand hing, glänzte matt. Oberhalb der kleinen zweiflügeligen Tür war jedoch ein Name zu lesen. Man hatte jeden Buchstaben in das Holz eingeritzt, und die Furchen waren mit dem Blut eines Menschen ausgemalt worden.

DEVIL

Nur dieses eine Wort stand dort. Devil hieß Teufel, und nichts anderes hatte der Besucher gewollt. Er brauchte den Teufel, so wie er ihn schon immer gebraucht hatte, denn erst durch den Satan war er zu Macht und Einfluß gelangt.

Noch fehlte etwas, damit er die große Hochzeit vollziehen konnte. Deshalb hatte er sich so bemüht, um den geheimnisvollen Schrank zu finden.

Nun stand er davor.

Die Türen waren glatt und verschlossen. Einen Schlüssel, um sie zu öffnen, besaß der Mann nicht. Doch da gab es eine alte Überlieferung, die besagte, daß sich die Tür öffnen würde, wenn ein schwarzmagisch Geweihter sein Blut für diesen Schrank spendete.

Blut wollte der Mann gern geben. Wenn es sein mußte, alles. Denn er glaubte fest daran, daß er nicht sterben würde. Satan ließ keinen Diener im Stich.

Soviel Blut wurde überhaupt nicht benötigt. Es reichten bereits ein paar Tropfen. Der Mann griff in die Tasche und holte ein kleines Messer hervor. Für einen Moment blitzte die Klinge auf, als der Mann sie etwas hastig bewegte. Er zuckte nicht einmal zusammen und schaute nur auf seinen linken Zeigefinger, der von dem kleinen Messer getroffen worden war.

Blut quoll aus der Wunde.

Menschenblut . . .

Blut für den Teufel!

Der Mann hob seinen linken Arm an und hielt ihn so hoch, daß das Blut nicht nur aus der kleinen Wunde, sondern auch auf das Oberteil des Schrankes tropfen konnte.

Der erste Tropfen fiel. Er berührte das dunkle, matt glänzende Holz, und der Mann beobachtete mit Spannung, was geschah. Würde der Schrein das Opfer annehmen?

Es zischte. Plötzlich wölkte Dampf auf, und in den Dampf hinein fiel der zweite Tropfen. Wieder ein Zischen. Geruch von Schwefel und Verbranntem traf die Nase des Mannes. Dann löste sich der dritte Blutstropfen vom Finger des Mannes.

Sieben mußten es sein.

Sieben Blutstropfen für den Teufel!

Und er bekam sie, während der Spender seine Hand hochhielt und mit zitternden Lippen mitzählte.

Der sechste – der siebte!

Es war geschehen.

Hastig zog der Mann seine Hand zurück. Er schüttelte sie. Weitere Tropfen fielen aus der Wunde und zeichneten auf dem Boden ein rotes Muster.

Er hatte gespendet. Wenn der Satan seine Spende annahm, dann mußte jetzt etwas geschehen. Die Türen sollten sich öffnen, um ihm zu zeigen, wie . . .

Die Gedankenkette des Mannes riß. Vom Oberteil des Schrankes lösten sich beißende Nebelschwaden, die den Schrank selbst von allen Seiten wie ein Tuch einhüllten. Sie bildeten einen regelrechten Ring, der in der Luft stehenblieb und sich nicht weiter ausbreitete, so daß er an einen schützenden Ring erinnerte.

Noch blieb alles still. Es zitterte keine Tür. Der Mann hörte nicht das geringste Geräusch, das auf einen Erfolg hinweisen könnte. Hatte er sich verrechnet? War alles falsch gewesen? Waren seine Forschungen, sein langes Suchen, war dies alles umsonst? Nein, das durfte nicht sein, die Hexenhochzeit mußte stattfinden. Niemand durfte sie stören, denn die Gegner waren zu stark geworden. Mit sicherem Instinkt hatten sie die Hexen aufgespürt, und sie wollten sie verbrennen.

Das Mittelalter kehrte zurück . . .

Noch waren die Hexen nicht stark genug, aber Satan sollte ihnen die Stärke geben. Die konnte er nur dann wirklich geben, wenn die Tür sich öffnete.

Sie tat es!

Es begann mit einem leisen Knarren. Es war normalerweise kaum zu hören, der Mann vernahm es dennoch. Seine Blicke hingen gebannt an den beiden Türen, die so zitterten, als würde jemand an dem Schrank herumrütteln. Dann schwangen sie auf.

Zuerst die von dem Blutspender aus gesehen rechte Tür. Als würden von innen Hände dagegendrücken und sie nach außen bewegen, so sah es aus. Das geisterhafte Knarren verstärkte sich. Es war eine schaurige Begleitmusik.

Der Mann ballte die Hände. Seine Fingernägel gruben sich tief in das Fleisch der Handballen. Aufgeregt fuhr die Zunge über die spröde gewordenen Lippen. Die sonnenbraune Haut über seinen Gesichtsknochen wirkte wie straff gespanntes Leinen.

Ein Knall!

Mit einem heiseren Schrei fuhr der Mann zurück, als aus der Öffnung der Kopf einer Schlange fuhr. Grünlich schillernd mit einer langen Zunge, und der Mann spürte auf seiner Stirn, genau zwischen den Augen, einen scharfen Schmerz.

Er war nicht schnell genug gewesen. Die Schlange hatte ihn dennoch erwischt.

Der Mann taumelte zurück. Er hob seine Hände und preßte sie gegen das Gesicht. Noch immer rann aus der kleinen Wunde, die er sich selbst zugefügt hatte, das Blut. Es schmierte auf seiner Haut und gab ihm ein schauriges Aussehen.

Der hochgewachsene Mann mit dem dunkelbraunen, fast schwarzen Haar taumelte und drehte sich dabei im Kreis. Schwer machte ihm der plötzliche Biß der Schlange zu schaffen. Er spürte, wie ihm die Luft knapp wurde, ließ die Arme sinken und schnappte verzweifelt nach Sauerstoff, wobei er den Mund so weit aufgerissen hatte, wie es eben ging. Die Augen drohten aus den Höhlen zu treten, und er spürte einen Druck im Kopf, so daß er das Gefühl hatte, sein Schädel würde jeden Augenblick auseinanderfliegen.

Er fiel.

Schwer krachte er auf die Knie, hielt sich noch für einen winzigen Moment und kippte nach vorn. Langsam, fast im Zeitlupentempo, wobei er sich nicht einmal wehtat.

Aus! schrie es in ihm. Du hast versagt! Es ist vorbei. Der Teufel hat dein Opfer nicht angenommen. Er hat dir nicht verziehen, daß du damals nicht . . .

Nein, alles war anders. Es ging ihm plötzlich besser. Viel besser als zuvor. Das Gift der grünen Schlange änderte seine Wirkung und kehrte sie sogar ins Gegenteil um.

Der Mann fühlte sich wie aufgeputscht.

Als gewaltiger Strom drang die Kraft in seinen Körper. Er richtete sich wieder auf, sein Gesicht verkantet, die Augen glühten voller Fanatismus, der Atem der Hölle wehte in ihm, der Teufel hatte sich seiner erbarmt.

Er war wieder wer!

Der Mann merkte überhaupt nicht, wie er auf die Beine gekommen war. Er stand plötzlich da und schaute den Schrank an.

Und der war offen.

Ein paar Schritte brachten den Mann so weit an den Gegenstand heran, daß er ihn anfassen konnte. Vor allen Dingen wollte er hineinschauen. Und das tat er auch.

Das Innere des Schrankes sah so aus, wie es in den alten Büchern beschrieben worden war.

Die Rückwand war mit pechschwarzem Samt bespannt. Das mußte auch so sein, denn um so deutlicher hob sie das ziegenköpfige Gesicht des Satans in seiner blutroten Farbe an.

Der Teufel grinste den Mann an. Von der Schlange war nichts mehr zu sehen.

Dann begann der Teufel zu reden. Er zischte jedes Wort, und zwischen seinen stiftförmigen Zähnen drangen kleine, grüne Wolken hervor, die augenblicklich zerflatterten, als sie aus dem Hängeschrank quollen.

»Du hast die Probe bestanden«, sagte der Teufel. »Willkommen in meinem Reigen, Gordon Schreiber . . .«

*

Der pechschwarze Jaguar sah aus wie ein zum Sprung geducktes Raubtier. Er parkte am Straßenrand. Die nächste Bogenleuchte befand sich mehr als dreißig Yards weiter, und ihr bläulich schimmerndes Licht erreichte nicht einmal mit seinen Ausläufern den Wagen.

Das Fenster an der Fahrerseite war einen Spalt hinuntergelassen worden, so daß der Rauch des würzigen Zigarillos Platz fand, nach draußen an die Luft zu kriechen.

Es war kalt in dieser Nacht. Ein klarer Himmel spannte sich über London, und die Sterne blitzten wie kleine Diamantsplitter. Längst waren die Temperaturen unter den Gefrierpunkt gesunken, und mit Glatteis in den frühen Morgenstunden mußten die Autofahrer immer rechnen.

Hin und wieder glühte es in dem Wagen auf. Immer dann wenn die Person an ihrem Zigarillo sog.

Sie paßte in dieses Fahrzeug, denn wenn man etwas suchte, mit der man sie vergleichen konnte, dann mußte man wirklich an ein Raubtier denken. Allerdings an ein zweibeiniges.

Die Person hinter dem Lenkrad war eine Frau. Schwarz wie Kohle präsentierte sich ihr langes Haar, das genau über der Stirn einen Mittelscheitel zeigte. Ebenso schwarz waren auch die Augenbrauen, die glatt auf der hellen Haut wuchsen, wobei nur die Wangen mit den hochstehenden Knochen einen rosigen Schimmer zeigten. Die Pupillen erinnerten an dunkle Perlen auf weißen Kissen, die Nase war klein und vielleicht ein wenig zu breit. Unter der schmalen Oberlippe begann ein Mund, dessen Winkel einen zynischen Zug zum Kinn hin zeigten und ahnen ließen, daß mit dieser Person nicht gut Kirschenessen war.

Das stimmte auch, denn die Frau in dem dunkelblauen, eng anliegenden Kostüm war keine geringere als Wikka, die oberste aller Hexen auf der Erde.

Überall auf der Welt gab es Kulte und Vereinigungen, die nur ihr huldigten. Wikka war das Sinnbild aller Hexen. Sie betete man an, ihr wurde gehuldigt, und sie hatte es geschafft, die einzelnen Hexenclubs auf der Welt zu verbinden. Sie waren wie in einem gewaltigen Netz gefangen, in dessen Mittelpunkt Wikka wie die fette Spinne hockte und alles beobachtete.

Diesmal hatte sie der Weg nach London und damit zu einem Mann geführt, der sich seit einiger Zeit hier aufhielt und die Hexenclubs in der Stadt aktivierte. Der Zulauf zu diesen Clubs war in den letzten Jahren enorm geworden. Die Menschen hatten es einfach satt, nur seelenlose Maschinen einer Industriegesellschaft zu sein. In den Clubs wurden sie nicht so offen unterdrückt, dann konnten sie ihren Trieben frönen und Exzesse ausleben.

Wikka liebte so etwas. Sie brauchte dies. Je mehr Dienerinnen und Diener, um so stärker wurde ihre Macht, besonders jetzt, wo die Kraft der Teufelstochter Asmodina langsam aber sicher schwand. Wikka wollte ein Gegengewicht aufbauen, die Menschen sollten keine Ruhe finden, sie sollten wissen, wo sie hinkommen konnten, wenn sie alles anwiderte. Der Teufel konnte jeden brauchen.

Wo es Licht gibt, da existiert auch Schatten. Wenn Wikka sich als das Licht bezeichnete, so apostrophierte sie ihre Gegner als die Schatten. Und leider gab es davon genug. Vor allen Dingen in London, wo nicht nur der Geisterjäger John Sinclair, ein Erzfeind des Bösen, lebte, sondern sich auch Menschen zusammengefunden hatten, die eine Gegenbewegung aufzogen.

Sie bezeichneten sich selbst als moderne Hexenjäger und verfolgten die Personen, die sie als angebliche Hexen erkannt hatten, mit unbarmherziger Härte. Das ging so weit, daß sie wie im Mittelalter Scheiterhaufen anzündeten, um die Hexen zu verbrennen. Dabei kamen auch Unschuldige um, aber einige Hexen hatten sie tatsächlich verbrannt. Bisher war dies alles nur im Geheimen geschehen, und es hatte auch fast ein Jahr gedauert, doch nun war etwas an die Öffentlichkeit gedrungen, und die Polizei schaltete sich ein.

Das war in diesem Fall der Geisterjäger John Sinclair. Von ihm ging eine ebenso große Gefahr aus wie von den fanatischen Hexenjägern. Nur entsprachen Sinclairs Methoden dem geltenden Gesetz, während sich die eigentlichen Hexenjäger darum nicht kümmerten. Das alles wußte Wikka, und das war auch ihrem Freund, Gordon Schreiber, bekannt, einem Günstling des Teufels, der mit Wikka die Hexenhochzeit zelebrieren sollte.

Wikka war einverstanden, denn es schadete nicht, wenn ihr ein Verbündeter zur Seite stand. Schreiber hatte Einfluß, er kannte den Jet set, hatte allerdings schon eine Niederlage erlitten. Die verdankte er John Sinclair.

Der Geisterjäger und seine Freundin Jane Collins hatten ihn aus der Seelenburg vertrieben. Das vergaß Schreiber nie. Seit dieser Zeit verfolgte er die beiden mit glühendem Haß.*

Er war auch deshalb nach London gekommen, um Rache an ihnen zu nehmen, vor allen Dingen an der blondhaarigen Jane Collins, die, wenn alles glattging, die Hexenhochzeit mitfeiern sollte. Allerdings als Blutopfer für den Teufel.

Dies waren Zukunftsgedanken, mit denen sich Wikka beschäftigte. Erst einmal mußte Gordon Schreiber den Schrein finden und ihn herbringen.

Als Wikka daran dachte, drehte sie den Kopf. Versteckt hinter den kahlen Bäumen eines großen Vorgartens lag das einsame Haus. Es hatte mal einem Adeligen gehört, war dann verkauft worden und stand seit zehn Jahren leer. Niemand hatte sich für das Gebäude interessiert, das dennoch einen so kostbaren Schatz in sich barg wie den geheimnisvollen und doch mächtigen Teufelsschrein.

Wikka warf einen Blick auf die Uhr am mahagonigetäfelten Amarturenbrett.

Mitternacht war vorbei. Eigentlich mußte Gordon

* Siehe John Sinclair-Taschenbuch Nr. 73 008: »Die Seelenburg«

Schreiber den Schrank schon geöffnet haben. Daß etwas schiefgehen konnte, daran glaubte sie nicht. Schreiber war ebenso würdig wie sie, denn nur Würdige durften den Schrein öffnen.

Asche fiel vom Zigarillo und stäubte auf Wikkas Beine. Sie blies das Zeug weg, richtete sich wieder auf und tat nichts, als plötzlich mit einem Ruck die Beifahrertür aufgerissen wurde wurde und sich ein Mann in den Jaguar warf.

Er hielt eine FN-Pistole in der Hand und drückte die Mündung gegen Wikkas Hals.

»Hab ich dich endlich!« zischte er voller Haß.

Wikka blieb ruhig sitzen. Sie verspürte keine Angst. Ihre Hände lagen auf dem Lenkradring. Sie hatte die Türen auch nicht verriegelt gehabt. Wer zu ihr wollte, der sollte ruhig kommen, wie dieser Mann, der ihr schon seit Tagen auf den Fersen war.

Sie wußte sogar seinen Namen.

Clint Cannon hieß er, hatte früher mal als Filmschauspieler gearbeitet und war dann Privatdetektiv geworden, als seine Streifen nicht mehr gefragt waren.

Irgend jemand hatte ihm den Auftrag gegeben, Wikka zu beobachten. Da Cannon dafür bekannt war, einen Job schnell und kompromißlos auszuführen, hatte er sich sofort auf die Spur der Hexe gesetzt. Er war verbissen gewesen und hatte es tatsächlich geschafft, Wikka zu finden.

Und nun hockte er neben ihr. Mit einer geladenen Pistole, deren Mündung den Hals der Frau berührte.

»Was wollen Sie jetzt machen?« erkundigte sich Wikka. Sie blieb noch immer starr sitzen und schaute durch die breite, leicht gebogene Frontscheibe.

»Wenn du irgendwelche Tricks versuchst, werde ich dich umbringen, Hexe!«

»Ich verstehe.«

»Dann ist es ja gut.« Clint Cannon verzog das Gesicht und atmete heftig. Ein wenig ähnelte er dem Franzosen Belmondo, und bei manchen Frauen hatte er gute Chancen. Er stand in dem Ruf, mit Klientinnen ins Bett gestiegen zu sein, aber bei dieser Hexe würde er nie schwach werden.

»Wollen wir hier sitzenbleiben?«

»Nein«, erwiderte der Detektiv. »Du steigst mit mir zusammen aus. Dann gehen wir zu meinem Wagen . . .«

». . . und fahren zu Ihrem Auftraggeber. Stimmt's?«

»Genau.«

»Wer ist es denn?«

»Das wirst du noch früh genug erfahren. Auf jeden Fall ein Mann, der dich bestimmt nicht am Leben läßt.«

»Möglich.«

»Keine Angst?«

»Nein.«

Clint Cannon lachte. »Ach ja, ich vergaß, du bist ja eine Hexe.« Er zog die Nase hoch und drückte mit der Mündung fester zu. »Wo bleiben denn deine Fähigkeiten, Wikka? Wenn du tatsächlich eine Hexe bist, dann mußt du sie auch anwenden.«

»Laß dich überraschen.«

»Okay, Hexe, ich lasse mich überraschen. Aber wir spielen nach meinem Takt. Dreh dich jetzt vorsichtig zur Seite und steige aus. Eine falsche Bewegung, und ich jage dir die Kugel in den Schädel. Ich glaube kaum, daß du dagegen gefeit bist.«

»Wohl nicht.«

»Dann sind wir uns ja einig.« Clint Cannon grinste. Das hatte ja besser geklappt, als er dachte. Alles war wunderbar gelaufen. Er hatte mit stärkerem Widerstand gerechnet, um so mehr freute es ihn, daß alles so glatt über die Bühne lief. Er war sogar ungesehen bis dicht an den Wagen herangekommen, denn davor hatte er sich am meisten gefürchtet.

Wikka war nicht angeschnallt. Um jedoch an den Hebel der Tür zu gelangen, mußte sie sich ein wenig zur Seite beugen. Sie tat es langsam, damit der andere nur nicht auf falsche Gedanken kam.

Cannon paßte auf. Keine Sekunde ließ er die Frau aus den Augen, die ihm den Rücken zuwandte und den Wagenschlag aufstieß. Weit schwang die Tür nach außen.

Kalte Luft strömte in den Wagen und vertrieb den letzten Rest des Zigarillorauchs. Unter dem Wagenhimmel war die kleine Lampe aufgeleuchtet, so daß ihr Licht jetzt das Innere erhellte.

Wikka verließ das Fahrzeug. Sie bewegte sich geschmeidig und stand kaum draußen, als Clint Cannon einen Befehl zischte. »Halt, nicht weiter! Bleib so stehen!« Die Hexe gehorchte.

An der linken Seite deckte sie die offen stehende Tür. Rechts war der Weg frei. Cannon warf einen schnellen Blick dorthin und sah einen schmalen Bürgersteig, der leer und verlassen war. Weiter hinten verlief er in der Dunkelheit, die sich wie das riesige Maul eines Drachens präsentierte.

Der Detektiv rutschte auf den Fahrersitz. Daß die Mündung der Waffe dabei immer auf den Rücken der schwarzhaarigen Wikka wies, war kein Zufall, sondern Können. Der Detektiv hatte Routine. Nicht umsonst zählte man ihn zu den besten ›Schnüfflern‹ Londons.

»Geh einen Schritt vor!« befahl er der Hexe, als er auf dem Fahrersitz saß. »Und laß nur die Finger von der Tür. Den alten Trick kenne ich. Meine Kugel ist schneller. Du wirst es nicht schaffen, mir die Tür entgegenzuschleudern.«

»Keine Bange. Zu so billigen Tricks greife ich nicht, mein Junge.«

»Zu welchen dann?«

»Laß dich überraschen.« Nach dieser Antwort spürte Wikka die Mündung der Pistole in ihrem Rücken. Clint Cannon war ausgestiegen und stand hinter ihr.

»Nach rechts!« ordnete er an.

»Und wohin da genau?«

»Wir machen einen Spaziergang zu meinem Wagen. Er steht ein wenig weiter. Ich mußte sicher sein, daß du mein Kommen nicht bemerktest.«

»Vielleicht habe ich es.«

»Nein.« Clint Cannon lachte breit. »Dann hättest du anders reagiert, Hexe!«

Sie gingen hintereinander. Cannon hielt immer den nötigen Abstand, um sich nur nicht überraschen zu lassen. Er kannte die Spielregeln. Wohl allerdings fühlte er sich auch nicht. Die Gegend war sehr einsam. Das Haus, vor dem der Jaguar geparkt hatte, war das einzige in der Nähe. Cannon wußte auch, daß die Hexe nicht allein unterwegs gewesen war. Sie hatte noch einen Begleiter, der sich im Haus befand, denn Cannon hatte ihn hineingehen sehen.

Wikka war gefährlich. Auch wenn ihr Gang, der wiegend und irgendwie erotisch wirkte, darüber hingwegtäuschen konnte. Clint Cannon ließ sich nicht beirren. Er hatte diese Hexe genau studiert und wußte, wie er sie einzuordnen hatte.

»Sie machen einen Fehler«, sagte Wikka plötzlich.

»Das lassen Sie mal meine Sache sein.«

»Wirklich!« Die Hexe blieb stehen.

»Weitergehen!« zischte der Detektiv.

Wikka kümmerte sich nicht um den Befehl. Sie drehte sich sogar um. Deshalb bekam sie den Lauf der Pistole nicht in den Rücken, sondern in den Magen.

»Du gehst weiter, Hexe!«

Da lächelte Wikka. »Bis jetzt habe ich das Spiel mitgemacht. Denn irgendwie mag ich dich, Detektiv. Nun ist es aus. Ich habe keine Lust mehr, durch dich meine Pläne gefährdet zu sehen. Entweder stellst du dich auf meine Seite oder du stirbst!«

Nach dieser Drohung war es einen Moment still zwischen den ungleichen Personen.

Cannon spürte nur die Kälte, die langsam ihren Weg durch seine Kleidung fand. Der Atem dampfte vor seinem Mund. In seinen Augen blitzte es.

»Nun?« fragte Wikka. »Wie hast du dich entschieden, mein Freund?«

»Geh weiter!«

»Du stellst dich also nicht auf meine Seite?«

»Nein.«

»Dann bist du an deinem Tod selbst schuld, Detektiv«, erwiderte die Hexe. »Schau mich an!«

Das tat Clint Cannon tatsächlich. Er blickte der Hexe ins Gesicht und er sah in ihre Augen.

Augen? Waren das wirklich Augen? Clint Cannon kamen sie nicht so vor. Nein, das waren keine Augen, sondern gefährliche Löcher, dunkle Höhlen, tief, unergründlich. Pechschwarze Perlen aus einem verwunschenen Reich. Augen, die ihn anzogen, die . . .

»Ja, komm näher . . .« Wie aus weiter Ferne vernahm Clint die Stimme der Hexe.

Verdammt, er wollte doch nicht. Nein, sie war sein Feind. Er durfte sich nicht einlullen oder hypnotisieren lassen. Er mußte diese Hexe seinem Auftraggeber bringen, das war er schuldig. Er durfte sich jetzt nicht fertigmachen lassen.

Er hob den rechten Arm und drehte gleichzeitig seinen Kopf, weil er nicht mehr in die Augen schauen wollte.

Da sah er das Unfaßbare. Aus ihren Haaren knapp oberhalb der Ohren waren plötzlich Schlangen gewachsen. Zwei fingerdicke, grün schillernde Schlangen, die sich dem Detektiv entgegenringelten, vorstießen und zubissen.

Die rechte Schlange erwischte ihn zuerst. Ihr Biß erreichte seine Wange.

Der Detektiv zuckte zusammen. Er spürte noch den kurzen, stechenden Schmerz und fiel zur Seite, genau mit dem Gesicht der anderen Schlange entgegen.

Wieder ein Biß.

Clint Cannon brach in die Knie. Er streckte seine Arme aus, als wollte er sich an Wikka abstützen. Die dachte nicht daran, ihm das Sterben zu erleichtern. Sie trat kurzerhand einen Schritt zurück und begann zu lachen.

Clint Cannon fiel auf die Knie. Der Aufprall war verflucht hart. Er spürte ihn bis in den letzten Winkel seines Gehirns. Vor seinen Augen zuckten Sterne auf. Blitze, die Zickzack fuhren und irgendwo einschlugen. Das Pflaster des Bürgersteiges, auf dem eine dünne, helle Reifschicht lag, drehte sich vor seinen Augen. Es wurde zu einem rasenden Wirbel, in den etwas hineintropfte.

Von seinem Kopf!

Blut und Haut.

Sie bildeten ein Gemisch, fielen einfach ab und blieben liegen.

Neiiin! Es war ein letzter, verzweifelter, aber auch stummer Aufschrei in seinem Innern. Danach war es um Clint Cannon, den Privatdetektiv, endgültig geschehen.

Lang fiel er auf den Bürgersteig und blieb liegen.

Als Toter . . .

Wikka stand neben ihm. Sie sah aus wie immer. Die beiden Schlangen hatten sich wieder zurückgezogen. Sie und die Augen waren ihre gefährlichsten Waffen, denn Wikka verdankte dem Teufel persönlich, daß sie sich auf diese Art und Weise so gut wehren konnte.

Das Lächeln auf ihren Lippen war breit und zeigte all die Verachtung, zu der Wikka fähig war. »Narr!« flüsterte sie, wobei sie auf die Leiche schaute. »Verfluchter Narr. Du hättest mitmachen sollen.«

Dann drehte sie sich um, weil sie hastige Schritte hörte. Gordon Schreiber lief herbei. Er atmete heftig und ruderte während des Laufens mit den Armen.

Neben Wikka blieb er stehen. Er blickte zuerst sie an, dann den Toten auf dem Bürgersteig. »Wer ist das?«

»Ein Detektiv, der mich schon lange verfolgte. Wahrscheinlich gehört er zu den Hexenjägern.«

»Du hast ihn erledigt?«

»Natürlich.«

»Das war gut. Der Knabe hätte uns verdammt das Konzept verdorben.« Schreiber bückte sich. »Weißt du, für wen er gearbeitet hat?«

»Nein, er hat nichts gesagt.«

»Das ist natürlich dumm.« Schreiber blieb in der Haltung. Er faßte den Toten an der Schulter und wälzte ihn herum, so daß er auf den Rücken zu liegen kam.

Ein normaler Mensch wäre zurückgezuckt, hätte er das Gesicht des Mannes gesehen. Es war nur noch eine blutige Masse, nicht mehr menschlich zu nennen. Schreiber aber interessierte es nicht. Seine Hände glitten unter die pelzgefütterte Jacke, und die Finger tasteten sich bis zur Innentasche vor. Wahrscheinlich trug dieser Mann Papiere bei sich, und vielleicht ließ sich auch irgendein Hinweis auf den Auftraggeber finden.

Schreiber holte die Brieftasche hervor. Er kam wieder in die Höhe und klappte sie auf.

Ein Ausweis und das Bild eines Mädchens fielen ihm in die Hände. Beides interessierte ihn vorerst nicht. Viel wichtiger war ein schmaler Brief, dessen weiße Papierkante aus einem Fach in der Brieftasche hervorlugte.

Mit spitzen Fingern zog ihn Schreiber hervor. Er schaute sofort auf den Absender und öffnete erst dann den Umschlag.

Geld fiel ihm in die Hände. Eine Tausend-Pfund-Note. Mehr allerdings nicht.

»Wie heißt er?« fragte Wikka.

»Harold Doyle!«

»Was?«

»Ja, dieser Kerl hat für Harold Doyle gearbeitet, meine Liebe. Jetzt wissen wir mehr.«

»Doyle also.«

Überrascht schaute Schreiber die Hexe an. »Das hört sich an, als würdest du ihn kennen?«

»Möglich. Doyle ist ziemlich mächtig. Er hat Einfluß in der Politik und steht sehr auf der rechten Seite. Zudem ist er Grundstücksmakler und besitzt ein großes Vermögen.«

»Aber was hat er gegen uns?«

»Ich weiß es nicht«, erwiderte Wikka. »Wir werden es jedoch herausfinden.« Sie warf ihre langen Haare zurück, damit ihr Scheitel wieder ordentlich lag. »Jetzt etwas anderes. Hast du den Schrein gefunden, Gordon?«

Schreiber nickte heftig. »Ja«, sagte er. »Ich habe ihn gefunden. Er ist wunderbar. Das Gesicht des Teufels schimmert auf schwarzem Samt. Eine Schlange kam hervor und hat mich gebissen, aber ich starb nicht und wurde auch nicht verletzt. Im Gegenteil, alles wurde viel anders und sogar besser.«

»Das ist ja wunderbar«, entgegnete Wikka. »Dann bist du der richtige Partner.«

»Hattest du daran gezweifelt?«

Die Hexe schob die Unterlippe vor. »Ein wenig schon. Ich brauchte hundertprozentige Gewißheit, denn der Kampf gegen die Hexenjäger wird ungemein viel Kraft kosten. Erst wenn wir London von unseren Feinden gesäubert haben, können wir darangehen, unsere Machtposition aufzubauen.«

»Zählst du da auch Sinclair hinzu?«

»Ja. Ihn und auch deine spezielle Freundin Jane Collins, um die wir uns als nächste kümmern. Sie hat dir nicht umsonst eine Niederlage beigebracht.«

»Nein«, erwiderte der Mann, »das hat sie wirklich nicht. Dafür wird sie auch das Opfer sein, das bei unserer Hochzeit stirbt.«

Wikka lachte. »So ist es richtg, mein Lieber. Genau . . .«

*

»Schuldig«, sagte der erste.

»Schuldig.« So sprach auch der zweite.

Der dritte und vierte stimmte jeweils zu. Und auch der fünfte Vermummte zögerte nicht.

Vermummt waren sie alle.

Sie trugen lange, rote Kutten. Aus dem gleichen Material und von der gleichen Farbe waren auch die Kapuzen, die ihre Gesichter bedeckten. Nur Löcher für ihre Augen und Mund waren zu sehen, ansonsten verdeckten die Kapuzen ihre Köpfe völlig. Das hatte seinen Grund. Sie wollten nicht erkannt werden, denn sie gehörten dem geheimnisvollen und verbotenen Club der Hexenjäger an. Es waren die fünf Männer, die Londons Hexen jagen und verbrennen wollten.

Irgendwie erinnerten sie in ihrer Verkleidung an die Mitglieder des Ku-Klux-Klan, der in den Staaten immer mehr Auftrieb und neue Mitglieder gewann. Nur trugen diese Männer hier in London keine weißen Kutten, sondern dunkelrote, wie ihre großen Vorbilder aus den Zeiten der Inquisition.

Sie hatten den Club schon vor einiger Zeit gegründet und trafen sich immer heimlich. Es waren abgelegene Orte und Plätze in der Riesenstadt London. Davon gab es noch zahlreiche, auch wenn das kaum zu fassen war, bei so einem Bevölkerungspotential.

Für diese Nacht hatten sie sich einen Schrottplatz ausgesucht. Er lag in Southwark, nicht weit von den Hafenanlagen entfernt. Aber er diente nicht nur als Schrottplatz, sondern auch als Müllkippe. Das war zu riechen.

Auf Müllkippen kohlte und kokelte immer etwas. Der Wind trieb den beißenden und streng riechenden Rauch auf die Männer zu. Die Hügelspitzen der hohen Abfallhaufen waren in zitternde Wolken gehüllt, die aus dem Innern hochstiegen.

Über ihnen lag ein klarer Nachthimmel. Es war kalt, und es würde Frost geben. Die fünf Vermummten waren unter ihren blutroten Gewändern dick angezogen. Im Gegensatz zu dem Mädchen, um das sie einen Kreis gebildet hatten.

Sie war vielleicht neunzehn oder zwanzig Jahre alt und lag am Boden. Ihr Gesicht zeigte Spuren von Schlägen, die Haut war aufgeplatzt, und die Kleidung hing nur noch in Fetzen am Körper herab.

Sie hieß Celia und sollte eine Hexe sein, das hatten die fünf Vermummten beschlossen. Sie bezeichneten sich als den harten Kern der Hexenjäger und waren dabei, ihre verbrecherische Organisation weiter auszubauen.

»Schuldig für den Scheiterhaufen!« Die Stimme hinter der Kapuze klang dumpf, und die anderen vier Männer nickten, während das auf dem Boden sitzende Mädchen angstvoll in die verdeckten Gesichter starrte.

Endlich faßte sie sich ein Herz. »Ihr . . . ihr wollt mich verbrennen?«

»Ja?«

»Aber was habe ich euch denn getan?« schrie Celia.

»Du bist eine Hexe«, erwiderte der Sprecher mit seiner dumpfen Stimme.

»Neiiinnn!« Das Mädchen schrie, wollte aufspringen, als drei Füße vorzuckten und sie zu Boden drückten, wobei sie sich auf ihren Körper stellten.

Wimmernd sank sie zusammen.

»Du bist eine Hexe«, wiederholte der Anführer drohend. »Wir haben dich lange genug beobachtet. Du hast dich heimlich mit anderen getroffen und den Teufel angebetet. Du hast Kirchen geschändet und entweiht. Es bleibt nur der Scheiterhaufen, der für dich bereits aufgebaut ist.«

»Nein, nicht. Es war doch ganz anders . . .!«

Der Sprecher schüttelte den Kopf. »Wir irren uns nie, denn wir haben in London den Hexen den Kampf angesagt. Ich weiß, daß Wikka zurückgekehrt ist und ihre Anhänger sucht. Auch du fällst darunter, und deshalb wirst du sterben. Es ist eine Warnung für sie, sich nie mehr in die Angelegenheiten der Menschheit zu mischen. Wir räumen auf mit euch Hexenpack!«

Celia schüttelte den Kopf. Tränen schossen aus ihren Augen. Sie schnappte nach Luft und preßte ihre Hand gegen die Brust. »Ihr irrt euch!« flüsterte sie. »Ihr wollt eine Unschuldige verbrennen! Ihr seid Mörder. Mörder!« schrie sie.

Ein Fußtritt warf sie zurück. Blut schoß aus ihrer Nase, und der Schrei erstickte.

»Noch nie haben wir uns geirrt. Wir kennen euch Hexen, und wir werden nicht nachlassen, euch zu vernichten. Und zwar endgültig für alle Zeiten. Packt sie!«

Auf diesen Befehl hatten die vier übrigen Männer nur gewartet. Alle hatten sie das Mädchen schuldig gesprochen, und sie wollten zusehen, wenn die Hexe endlich brannte.

Kräftige Hände packten zu und rissen Celia auf die Beine. Selbst halten konnte sie sich nicht. Ihre Knie knickten ein, und sie mußte von den Männern gestützt werden.

Eine Chance zu entkommen, gab es für sie nicht. Acht Hände hielten sie fest, und der Anführer dieses Mörderclans schritt voraus. Er würde auch den Scheiterhaufen anzünden, den sie bereits Stunden zuvor aufgebaut hatten.

Sie hatten auch den Weg zuvor ausgekundschaftet. Zwischen den Bergen aus Blech und abgewrackten Fahrzeugen fanden sie einen schmalen Pfad, der sie ihrem Ziel näherbrachte.

Es lag dort, wo sich der Teil der Müllkippe befand, die den Abfall der Großstadt aufnahm. Es war ein Lagerplatz, und jenseits davon befanden sich die Verbrennungsanlagen, wo der Müll in Recycling-Verfahren vernichtet wurde. Mit der freigewordenen Energie trieb man die Turbinen eines Kraftwerks an, und so ging keine Energie verloren.

Es war schon ein extremer Gegensatz. Auf der einen Seite die moderne Verbrennungsanlage, auf der anderen der Scheiterhaufen, ein Relikt des späten Mittelalters, als Tausende von Frauen verbrannt wurden, weil man in ihnen Hexen sah.

Diese schlimme Zeit war nun zurückgekehrt. Hexenwahn in London. Da hatten es finstere Gestalten geschafft, sich Hexenjäger zu nennen und zahlreiche Menschen aufzuwiegeln, denn auch in einer Zeit der Technik und des relativen Überflusses waren die primitiven Gefühle und Triebe der Menschen nach wie vor existent. Man brauchte sie nur zu wecken, und es gelang einigen Leuten sehr gut, diesen Haß an die Oberfläche zu spülen.

Nicht umsonst hatte der Hexenjägerclub immer mehr Zuläufer bekommen. Flüsternd hatte es sich herumgesprochen, und zahlreiche Frauen oder Mädchen, die nicht der Norm entsprachen, die man sich vorstellte, hatten Angst.

Natürlich gab es die echten Hexen. Aber sie hielten sich verborgen. Es starben zumeist Unschuldige. Die Polizei hatte schon zweimal Frauenleichen aus der Themse gefischt und bei ihnen Hinweise gefunden, die darauf zielten, daß die Frauen ihren Tod gefunden hatten, weil sie angeblich Hexen waren.

Die Scheiterhaufen werden leuchten . . .

So lautete der Wahlspruch der Hexenjäger, und in dieser Nacht wollten sie damit beginnen.

Celia sollte die erste sein!

Apathisch hing das Mädchen im Griff der vier Männer. Den Widerstand hatte Celia längst aufgegeben. Sie wußte, daß sie den Häschern nicht entkam, die bewiesen hatten, daß sie weder Gnade noch Erbarmen kannten.

Die fünf Männer und ihr Opfer hatten jetzt den eigentlichen Schrottplatz hinter sich gelassen und gelangten auf den Teil, wo der Abfall sich zu Bergen türmte.

Ein widerlicher Geruch schwebte über diesem Paradies für Ratten. Hier fanden die Tiere ihre Nahrung, denn die Menschen warfen vieles weg, von dem sie satt werden konnten.

Der Weg wurde etwas breiter.

Am Himmel leuchtete das kalte Licht der Sterne. Dazwischen stand wie gemalt ein Halbmond. Fahl sah er aus, und es schien, als würde er die vier Männer bei ihrem grausamen Tun beobachten.

Der Scheiterhaufen! Auch Celia konnte ihn sehen. Wie ein Denkmal aus einer längst vergessenen Zeit stand er vor einem hohen Berg aus Müll, in dessen Innern es Schwelbrände gab. Der Qualm fand immer einen Weg, sich durch zahlreiche Ritzen und Spalten nach oben zu winden, so daß über dem Berg eine Dunstwolke lag.

Ein Pfahl ragte aus dem Scheiterhaufen. Bei Beginn der Dunkelheit hatten ihn die fünf Männer in die Erde gerammt, Reisig und Papier um ihn herum deponiert und auch sehr trockenes Holz. Er würde sofort Feuer fangen, wenn die ersten Flammen aufleckten.

Celia stemmte sich mit beiden Hacken in den hier weichen Boden. Der Scheiterhaufen, der zu ihrem Grab werden sollte, flößte ihr eine ungeheure Angst ein. Sie schüttelte den Kopf, ihre Augen wurden groß und mit gellender, sich überschlagender Stimme schrie sie: »Ich will nicht! Nein, das könnt ihr nicht tun! Das ist . . .«

Der Schlag mit dem Handrücken traf ihren Mund, und Celia verstummte.

»Weiter!« befahl der Anführer mit dumpfer Stimme.

Die vier Gefolgsleute rissen das Mädchen vor. Es weinte nur noch. Ihr Körper zuckte unter dem krampfhaften Schluchzen. Zum erstenmal wurde es ihr richtig bewußt, daß dies kein Spiel oder ein Spaß war, die Hexenjäger machten ernst. Sie wollten sie tatsächlich verbrennen.

Eine Unschuldige!

Die Männer hatten zuvor den Platz vor dem Scheiterhaufen leergeräumt. Kein störendes Hindernis lag ihnen mehr im Weg. Bis zum Pfahl hatten sie ebenfalls eine Gasse geschaufelt, damit ihnen das Reisig und das Holz nicht im Wege war und an ihren Kutten zerrte, wenn sie auf den Pfahl zuschritten.

»Bindet sie fest!« Der vermummte Anführer war stehengeblieben, hob seinen Arm, ließ ihn wieder fallen und streckte einen Finger aus, wobei er auf den Pfahl deutete.

Zwei Männer traten zurück. Auch gegen die beiden anderen kam Celia nicht an. Sie wehrte sich zudem kaum. Die Vermummten schleiften sie an den Pfahl.

Unheimlich sahen sie aus. Und es wirkte gespenstisch, wie diese Vermummten das wehrlose Mädchen auf den Pfahl zuschleiften. Einer hielt schon die Stricke bereit, während der andere Celia an den Pfahl drückte.

Sein Kumpan trat augenblicklich in Aktion. So rasch es ging, wickelte er den Strick um den Körper des erbarmungswürdigen Mädchens. Er zog ihn sehr fest, denn Celia konnte sich vor Angst und Entsetzen nicht allein auf den Beinen halten. Sie wäre nach vorn gekippt, wenn die Stricke sie nicht gehalten hätten.

Aber ihre Mörder wollten es so machen, wie vor Hunderten von Jahren. Aufrecht an einen Pfahl gebunden sollte Celia sterben. Als Hexe verbrennen . . .

»Ich warte schon auf deine Schreie, du Hexe!« brüllte der Anführer. »Du wirst nie mehr mit dem Satan buhlen, denn der Wind wird deine Asche in alle Himmelsrichtungen wehen. Der Teufel erleidet auch durch dich eine Niederlage.«

Noch einmal hob das Mädchen den Kopf. »Nein!« schrie es. »Das könnt ihr nicht machen. Ich bin unschuldig!«

»Das sagen sie alle!« Die Männer kannten kein Erbarmen. Die Hexe sollte und sie würde auch brennen.

Der Anführer hatte sich etwas abseits gestellt. Seine Kumpane bildeten vor dem Reisighaufen einen Halbkreis. Sie waren still geworden, kein Laut drang unter ihren Kapuzen hervor. Gespannt beobachteten sie ihren Meister, wie er sich bückte und aus dem Reisig einen besonders langen Ast hervorholte. Dann griff er in die Tasche, zog ein Sturmfeuerzeug heraus und einen alten Lappen, den er um die Spitze des Stabes wickelte.

»Das Benzin!«

Dieser Befehl galt einem der Männer. Der Vermummte drehte sich um und ging ein paar Schritte zurück. Schon vorher hatten die Männer hier einen Kanister abgestellt. Er bestand aus grauem Kunststoff und war bis zum Rand mit dem brennbaren Benzin gefüllt.

Der Mann wußte genau, was er zu tun hatte. Er trat bis an den Reisighaufen vor, löste die Verschlußkappe und kippte den Kanister so, daß das Benzin ausfließen konnte.

Deutlich war in der Stille das Gluckern zu vernehmen. Das Benzin fand seinen Weg, rann aus der Öffnung, und Celia beobachtete aus weit aufgerissenen Augen die Vorbereitungen zu ihrem Tod.

Schon stiegen die ersten Dämpfe hoch. Der Wind trieb sie direkt auf sie zu. Sie nahm den scharfen Geruch wahr und wußte, daß auch die Flammen in ihre Richtung gedrückt wurden, damit sie verbrennen konnte.

Celia bäumte sich in ihren Fesseln auf. Das Gesicht war verzerrt. Eine ungeheure Angst leuchtete in ihren Augen. Greifbar nahe befand sich der Tod schon vor ihr.

Sie sollte als Hexe sterben. Dabei war sie keine Hexe. Andere waren es. Sie kannte sie, wußte sogar, wer die beiden Anführer waren, aber die Hexenjäger glaubten ihr kein Wort.

Sie wollten sie lodern sehen.

Der Kanister war leer, und der Vermummte trat zurück. Er hatte das Benzin gut verteilt.

»Alles klar!« meldete er.

Der Anführer hielt sein Feuerzeug noch in der Hand. Er drehte mit dem Daumen an einem Rädchen, ein Funke spritzte auf und entzündete das aus der Düse strömende Benzingas.

Klein war die Flamme, nicht größer als die Hälfte eines Fingers. Doch aus ihr sollte ein gewaltiger Feuersturm werden, wenn es nach dem Willen der Vermummten ging. Der Anführer hielt die Flamme gegen die umwickelte Spitze des Holzstabes. Ein kurzes Flackern, das Glühen des Stoffs, dann hatte er Feuer gefangen.

Die Hexenjäger standen stumm. Ihre Gesichter waren dem Reisighaufen und dem Pfahl zugedreht, der in wenigen Sekunden nur noch eine lodernde Flammenhölle sein sollte.

Langsam trat der Vermummte vor. In der rechten Hand hielt er den brennenden Ast.

Celia wimmerte. »Nein . . . nein . . .« Sie schüttelte den Kopf, formte die Worte und sank apathisch in ihren Fesseln zusammen.

In diesem Augenblick schleuderte der Anführer den brennenden Ast in den Reisighaufen. Es gab ein puffendes Geräusch, und im nächsten Moment zuckte eine lange Feuerwand hoch, die sich wie ein Vorhang zwischen das Mädchen und die Vermummten legte . . .

*

VERBRENNT DIE HEXEN!

Mit diesen Schmierparolen auf Hauswänden und öffentlichen Gebäuden hatte es angefangen. Vielleicht vor zwei Monaten. Auch ich hatte diese Parolen gelesen und darüber mit meinem Chef, Superintendent Sir James Powell, geredet.

Damals war noch nichts geschehen. Ich hatte andere Fälle zu bearbeiten, aber Sir James hatte mir versprochen, etwaige Aktivitäten genau zu verfolgen.

Das war geschehen.

Und nun steckten wir schon mitten drin. Wie ein Feuer hatte sich dieser Hexenwahn ausgebreitet und selbst uns überrascht.

Wir – das waren Suko, Bill Conolly und ich. Vor allen Dingen war es Bill, dem Reporter, zu verdanken, daß wir überhaupt etwas erfahren hatten.

Bill hatte sein Ohr am Pulsschlag der Stadt. Er hörte viel, er sah viel, und er konnte auch Zusammenhänge erfassen. Zudem kam er noch viel herum, das heißt, seine Frau Sheila und er mußten hin und wieder gesellschaftliche Verpflichtungen übernehmen, denn Sheila als Konzernerbin stand oft genug im Rampenlicht, obwohl sie die Geschäfte in die Hände fähiger Manager gelegt hatte.

Auf einer dieser Parties hatte der Reporter zuerst ein

Gespräch belauscht und war dann mit hineingezogen worden. Mehrere Männer unterhielten sich über Hexen. Man sprach erst allgemein über die Hexenverbrennungen im Mittelalter, doch nach und nach kam man zum Kernpunkt der Sache. Auch im heutigen London sollte es Hexen geben. Und zwar wurden sie angeführt von einer Hexe namens Wikka, die sich selbst als die Hexenkönigin oder oberste Hexe auf der Welt bezeichnete. Ihr unterstanden sämtliche Hexenclubs, deren Mitglieder weiß Gott nicht aus den unteren Bevölkerungsschichten kamen, sondern aus den Schichten, die auf den Shilling nicht zu schauen brauchten. Reiche und Tagträumer, die ihr sattes Leben leid waren, wollten etwas erleben und schlossen sich den Hexenclubs an.

Ein Mann hatte sich besonders in seinem Haß gegen die Clubs hervorgetan. Bill kannte auch den Namen. Es war ein bekannter Makler, der seine Frau an einen Hexenclub verloren hatte. Harold Doyle hieß der Mann, und er stimmte dafür, daß die Clubs ausgemerzt wurden, und zwar wie in vergangenen Zeiten.

Die anderen hatten darüber gelacht. Bill erlaubte sich nicht einmal ein Lächeln, aber hatte jedes Wort des Mannes registriert und vergaß nichts.

VERBRENNT DIE HEXEN!

Als Bill Conolly diese Parolen las, da wußte er sofort Bescheid. Natürlich hatte er mich als Anlaufadresse, und nachdem wir endlich Zeit gefunden hatten, konnten wir uns dem Problem näher widmen.

Mit Hexen hatte auch ich meine Erfahrungen gesammelt. Zum Beispiel in der Seelenburg, einem gewaltigen Kastell, das inmitten der Schweizer Berge lag. Hier kämpfte ich gegen vier Hexen und gegen einen Mann namens Gordon Schreiber, der allerdings entkommen war. Suko und ich hatten Jane Collins, die Privatsekretärin des Gordon Schreiber – diesen Job hatte sie angenommen, um ihm auf die Spur zu kommen –, aus den Klauen des Mannes schwerverletzt gerettet. Es lag auf der Hand, daß Gordon Schreiber wußte, wem er unter anderem die Niederlage verdankte. Jane Collins nämlich, und beide wiederum glaubten wir, daß sich Schreiber irgendwann rächen würde.

Hexen in London.

Gleichzeitig eine Gegenbewegung.

Bei den Hexen war Wikka die Frau im Hintergrund, wie ich erfahren hatte, aber konnte nicht auch Gordon Schreiber mitmischen? Einen Beweis für diese Theorie hatte ich bisher noch nicht bekommen, aber wir standen erst am Beginn.

Es war schwer gewesen, überhaupt mit den Hexenclubs oder deren Feinden Kontakt aufzunehmen. Da Suko und ich als offizielle Yard-Beamte uns zurückhalten wollten und mußten, hatten wir Bill Conolly vorgeschickt. Der Reporter erinnerte sich noch gut an das Gespräch mit Harold Doyle, doch er lief bei ihm auf Granit.

»Vergessen Sie das, was ich gesagt habe. Es war nur ein Spaß!«

Mehr wollte Doyle zu diesem Thema nicht sagen, obwohl Bill sicher war, daß er einiges wußte.

Der Reporter ließ nicht locker. Auf der anderen Seite forschte auch Scotland Yard. Sir James Powell, der Superintendent und ein Meister im Organisieren, hatte durch V-Leute und Spione herausgefunden, daß in den letzten zwei Monaten mehrere Hexenclubs gegründet worden waren. Und ein Name geisterte durch alle Clubs.

Wikka!

Sie stand an der Spitze, und sie mußte man erledigen, wenn etwas zerschlagen werden sollte. Aber die Clubs hielten zusammen. Vor allen Dingen waren ihre Mitglieder zum Schweigen verpflichtet worden. Da es zudem die Hexenjäger als Feindgruppe gab, dachten die einzelnen Mitglieder nicht im Traum daran, auch nur den Mund aufzumachen. Deshalb mußten wir uns an die Hexenjäger halten.

Das hatten wir geschafft.

Vor allen Dingen hatte sich Bill Conolly stark hervorgetan. Ihm war es in der Tat gelungen, seine Beziehungen so spielen zu lassen, daß er an einen Kontaktmann herankam, der enger mit den Hexenjägern zu tun hatte.

Geld verdirbt zwar den Charakter, heißt es, aber manchmal ist es gut, wenn man Geld besitzt. So wie in Bills Fall. Es hatte ihn einen großen Schein gekostet, bevor der Mitläufer, ein Arbeitsloser, den Mund aufmachte.

Er habe da etwas von einer Verbrennung läuten gehört. Außerdem seien zwei Hexen schon in der Themse ertränkt worden. Als Bill konkreter nachhakte, wußte der Informant auch nicht mehr viel. Er konnte nur noch einen Schrott- und Müllplatz irgendwo in London erwähnen. Daraufhin schaltete Bill sich mit dem Yard kurz. Sir James stellte Beamte ab und ließ heimlich Schrottplätze überwachen. Zusätzlich wurden auch Nachtwächter vergattert, die Augen aufzuhalten.

Nach zwei Wochen endlich kam die Meldung. Auf einem Schrottplatz in Southwark, direkt an der alten Müllkippe, war über Nacht ein Scheiterhaufen errichtet worden.

Die Meldung elektrisierte nicht nur Bill Conolly, sondern auch Suko und mich, denn inzwischen befaßten wir uns auch ein wenig mit dem Fall. Nun hatten wir die erste Spur, und sie war verdammt heiß, wie wir festgestellt hatten. Fünf Männer hatten sich auf dem Schrottplatz getroffen. Vermummte Gestalten in langen Gewändern und mit Kapuzen über den Köpfen. Die Gewänder waren von roter Farbe, sahen allerdings in der Dunkelheit eher schwarz aus.

Leider hatten wir nicht genügend Zeit gehabt, uns das Gelände zuvor genau anzusehen. Als wir endlich eintrafen, waren die anderen bereits da.

Wir hörten ihre Stimmen und die verzweifelten Schreie des Mädchens, das brennen sollte.

Ob Hexe oder nicht. Niemand hatte das Recht, einen Menschen einfach anzuzünden wie einen toten Gegenstand. Diesen Hexenjägern mußten wir ebenso das Handwerk legen wie den echten Hexen, denn daß Wikka existierte, daran glaubte ich fest. Ebenso war ein Mann wie Gordon Schreiber keine Einbildung.

Wir trugen Taschenlampen bei uns, die wir hin und wieder einschalteten, um uns zu orientieren. Der Nachtwächter hatte uns den Weg gezeigt, war aber in seiner Bude geblieben.

So lautlos wie möglich versuchten wir uns zu bewegen. Das war schwer, denn die Wege zwischen den Abfallhaufen waren längst nicht frei. Zweimal schon war ich gegen eine verrostete Büchse getreten. Es hatte dann überlaut gescheppert.

Jetzt deckte uns noch ein Abfallhügel vor den Männern, die wir einmal kurz gesehen hatten, aber nicht angreifen konnten.

Suko hatte die Führung übernommen. Er konnte sich am besten von uns bewegen. Der Chinese schien zu einem Schatten zu werden, der mit der Dunkelheit verschmolz.

Uns hatte er zurückgelassen, als er direkt am Rand des Abfallhügels sich weiterbewegte.

Innerhalb des Hügels brannte und kokelte es. Der Rauch, manchmal wurde er auch vom Wind nach unten gedrückt, hatte bereits ein kratziges Gefühl in unseren Kehlen hinterlassen.

Bill Conolly stand neben mir. In seinem Gesicht regte sich kein Muskel, ebenfalls nicht in meinem. Wir beide waren voll konzentriert und warteten gespannt auf die Meldung des Chinesen.

»Die machen das tatsächlich wahr«, hauchte Bill. »Verdammt, die stecken das Mädchen an.«

Ich nickte.

»Was meinst du, John? Wer ist gefährlicher? Die Hexenjäger oder die Hexen?«

»Beide gleich.«

»Finde ich auch.«

Danach schwiegen wir. Es lag auf der Hand, daß sich meine Gedanken um die vorliegenden Ereignisse drehten. Die fünf Vermummten wollten ein junges Mädchen verbrennen. Für mich eigentlich unvorstellbar. Dieses Verbrechen konnte doch kein normaler Mensch auf seine Schultern laden. Aber schaute man wirklich in die Seele jedes einzelnen hinein? War einem anderen bekannt, welche Abgründe dort zum Vorschein kamen?

Nein, bestimmt nicht. Und deshalb erlebte man immer wieder diese bösen Überraschungen, obwohl ich als Polizist wirklich einiges gewohnt war. Das Vorhaben dieser fünf Männer schockte auch mich.

Hexenclubs können einerseits harmlos sein, aber auch gefährlich. Wenn sich nur Spinner versammelten, war dieser Club nicht mehr wert als ein Kopfschütteln. Doch es gab andere. Vereinigungen, die tatsächlich einen heißen Draht zur Hölle besaßen, und die mußte man ausmerzen. Zumeist waren die Ober-Hexen echt. Dämoninnen. Oft in anderen Dimensionen geboren und dann auf die Erde geschickt, um Menschen zu verführen und in den Dunstkreis der Hölle zu ziehen.

Allerdings war die andere Seite nicht besser, wenn es im ersten Moment vom Motiv her auch so schien. Die Hexenjäger erinnerten sich an die Traditionen ihrer Vorgänger im auslaufenden Mittelalter. Diese Männer hatten ebenfalls furchtbar aufgeräumt und keinen Unterschied zwischen schuldig und unschuldig gemacht. Zumeist waren es Unschuldige gewesen, die in den Flammen der Scheiterhaufen umkamen. Diese schrecklichen Zeiten durften auf keinen Fall mehr aufleben, auch wenn einige Fanatiker es so wollten.

Suko kam zurück. Er bewegte sich hastiger und schneller als auf dem Hinweg. Wir sahen ihn winken und liefen ihm ein Stück entgegen. Seine Augen blitzten in der Dunkelheit.

»Was war?« wisperte ich.

»Wir müssen uns sehr beeilen«, erklärte Suko. »Diese Narren haben bereits das Benzin geholt.«

»Verdammt!« fluchte Bill.

Auch mir war danach zumute, doch ich hielt mich zurück und zupfte den Reporter an der Jacke. »Los.«

Wir schlichen hinter Suko her, der diesmal ebenfalls vorgegangen war. Jetzt nahmen wir auch keine Rücksicht darauf, leise zu sein, wir hörten die Stimmen der Hexenjäger, und sie waren laut genug, um unsere Schritte zu übertönen.

Ich sprang über ein sperriges Hindernis aus Blech, schreckte dabei eine fette Ratte auf und wäre fast noch auf sie getreten, als ich weiterlief.

Das Ende des Abfallhügels!

Noch drei, vier Schritte, dann mußten wir den Scheiterhaufen und das Mädchen sehen können.

Ich machte den Anfang und drängte mich an Suko vorbei. Im gleichen Augenblick puffte vor mir eine Feuerwand hoch und setzte den Reisighaufen um den Pfahl in Brand.

Wir waren zu spät gekommen!

*

Wirklich zu spät?

Ich wollte es nicht glauben. Noch brannte nur das Reisig und nicht das Mädchen.

Verdammt, sie mußte doch zu retten sein. Und wenn wir mitten durch die Feuerwand rannten.

Es war eine schaurige Szene, die ich innerhalb einer Sekunde in mich aufnahm. Noch hatten uns die fünf Männer nicht gesehen, weil wir schräg hinter ihnen standen und ihre Blicke nur der breiten Feuerwand galten, in der das Reisig zerplatzte und zerknisterte, so daß Funkenkaskaden aufsprühten und als glühender Regen hoch über die Flammen hinwegstiegen.

Die Vermummten hatten die Arme hoch erhoben. Sie schrien und brüllten so laut, daß wir den einen Satz, den sie immer wiederholten, gut verstehen konnten.

»Die Hexe soll brennen!«

Immer wieder schrien sie ihn. Und sie brüllten auch noch, als ich längst gestartet war und auf den verdammten Feuervorhang zurannte. Der Atem der Hölle empfing mich. So jedenfalls kam mir die Hitze vor, in die ich hineinstolperte.

Hinter mir hörte ich Schreie, sogar einen Schuß, aber darum konnte ich mich nicht kümmern.

Das Mädchen war wichtiger.

Ich stürzte vor!

*

Suko und Bill Conolly hatten mich laufen lassen. Sie wußten selbst, daß sie nicht mithelfen konnten, das Mädchen zu retten, denn die fünf Vermummten würden dies auf keinen Fall zulassen. Sie waren vom Auftreten des Geisterjägers überrascht, und ihr Schreien verstummte abrupt.

Bill und Suko zogen ihre Waffen. Beide konnten sich

nicht vorstellen, daß die Kerle ihnen kampflos das Feld überlassen würden.

Und da reagierten sie auch schon.

Wohl der Anführer der Gruppe schwang herum. »Verrat!« brüllte er. »Verrat! Da wollen welche die Hexe retten. Schießt, Freunde, schießt sie in den Rücken!«

Sie griffen zu den Waffen, während Bill und Suko sahen, wie John Sinclair bereits in die ersten Qualmschleier hineintauchte und dann in die Feuerhölle hineinjagte.

Der Reporter feuerte.

Geduckt stand er da, während Suko ein wenig zur Seite gegangen war, so daß sie beide die Vermummten im Auge behalten konnten. Die Kugel pfiff in Schulterhöhe zwischen zwei Hexenjägern durch, und der Klang der Beretta hatte selbst das Prasseln der Flammen übertönt. Auch die Hexenjäger hatten ihn gehört.

Sie fuhren herum.

»Keine Bewegung!« schrie Bill. »Das reicht, Freunde, bleibt so stehen, und laßt nur die Finger von den Kanonen, sonst ergeht es euch verflixt dreckig!«

Die Männer rührten sich tatsächlich nicht. Für einen Moment standen sie wie festgeleimt. Denkmäler unter den Kapuzen und langen Gewändern, die über den schmutzigen Boden schleiften.

»Zur Seite!« befahl der Reporter. »Weg vom Feuer. Los, Beeilung, macht schon!«

Jetzt hatten sich die Kerle wieder gefangen. Sie dachten nicht daran, dem Befehl zu folgen, während aus der Feuerhölle gellende Schreie ertönten, so daß es Bill und Suko angst und bange wurde.

»Wer seid ihr?« Die beiden wurden angesprochen, und die Stimme des Mannes unter der Kapuze klang dumpf. Sie zitterte sogar vor Wut.

»Polizei«, sagte Suko.

»Bullen!«

»Genau!« hieb Bill in die gleiche Kerbe. »Und wir weden es nicht zulassen, daß ihr hier Unschuldige verbrennt.«

»Unschuldig?« kreischte der Anführer. »Sie ist eine Hexe. Eine verdammte Hexe!«

»Okay, das hast du schon mal gesagt«, gab Bill zurück. »Und jetzt nehmt eure albernen Lappen ab, sonst gibt es wirklich Zunder.«

Bisher war alles gut gelaufen. Bill als auch Suko zeigten sich sehr zufrieden. Bis aus irgendeinem Grund ein Windstoß heranfauchte und von der anderen Seite aus in die Flammen fuhr. Er ließ sie heller auflodern, wirkte wie ein gewaltiger Blasebalg und drückte dabei die Feuerwand auf Bill und Suko zu.

Qualm und Rauch trieb in ihre Gesichter. Funken flogen wie kleine, glühende Raketen, bildeteten einen rötlichen Wirbel, und ihnen folgten die langen, leckenden Flammenzungen.

Zu dicht stand der Chinese am Brandherd. Er hörte Bills Warnung, da war es bereits zu spät. Etwas Glutheißes fuhr über seinen Hinterkopf, den Nacken und Rükken. Wenn seine Kleidung nicht Feuer fangen wollte, dann mußte Suko den Standort wechseln.

Das merkten auch seine Gegner.

Sie waren ein verflucht gut eingespieltes Team. Als hätten sie von einer sechsten Person einen Befehl bekommen, so spritzten sie nach allen Seiten weg. Sie waren so schnell dabei, daß sie innerhalb der folgenden Sekunde für ihre beiden Bewacher kein Ziel mehr boten. Zudem trauten Suko und Bill sich nicht zu schießen, sie waren keine Killer, denn die Vermummten hielten keine Waffen in den Händen.

Das änderte sich sehr schnell. Geschickt rollten sie trotz ihrer Kutten über den Boden und fanden in dem unübersichtlichen Wirrwarr des Schrottplatzes Deckung.

Der Anführer schoß als erster.

Bill Conolly zuckte zurück. Er hörte sogar das Pfeifen der Kugel. Mit einem gewaltigen Satz warf er sich zu Boden und stellte fest, daß Suko das gleiche getan hatte.

Mündungslichter blitzten rasch hintereinander vor den Waffen auf, als wollten sie mit der Helligkeit und dem Widerschein des Feuers um die Wette leuchten.

Bill und Suko mußten sich einige Male um die eigene Achse rollen, anders konnten sie sich nicht fortbewegen.

Ein gellendes Lachen ertönte.

»Jagt ihnen die Kugeln in ihre verdammten Bullenschädel! Wer nicht für uns ist, der ist gegen uns. Los, Freunde, schießt. Beweist ihnen, daß wir die Besseren sind!

Suko und Bill hielten sich zurück. Sie wollten nicht unnötig geweihte Silbermunition verfeuern, andere Schießeisen trugen sie nicht bei sich. Noch immer prasselten und loderten die Flammen. Ihr Widerschein zuckte weit über den Platz, malte ein bizarres Mosaik aus Licht und Schatten und gab auch für die kämpfenden Parteien genügend Büchsenlicht ab.

Bill lag hinter einem alten Eisenträger. Was Suko sich als Deckung ausgesucht hatte, konnte er nicht erkennen, doch der Chinese lag zumindest so, daß die Flammen ihn nicht mehr erfassen konnten, auch wenn ein Windstoß in sie hineinfauchte.

Träge trieb der Rauch über den Platz, wo sich die fünf Vermummten zuvor versammelt hatten. Es war ein fetter beißender Qualm, der für beide Parteien die Auseinandersetzung erschwerte, denn er drang bei den Vermummten ebenfalls durch die Schlitze in die Augen.

Bill und Suko ging es ebenfalls nicht besser. Eher schlechter, denn sie lagen näher am Feuer, demnach auch näher am Qualm.

Ein kurzer, fahlgelber Mündungsblitz, und dicht neben Bills Kopf klatschte das Geschoß gegen den ihm als Deckung dienenden Eisenträger. Das war Warnung genug gewesen. Der Schütze mußte eine verdammt gute Position haben, wenn er so genau zielen und auch treffen konnte, denn viel hatte wirklich nicht gefehlt.

Der Reporter drehte sich um seine Achse, blieb jedoch auf dem Rücken liegen.

Eine zweite Kugel fauchte heran.

Diesmal hätte sie fast Bills Haare versengt, so genau hatte der Schütze gezielt.

Bill wollte schon hochspringen und seinen Standort wechseln, als er den Vermummten sah. Er stand schräg vor ihm und etwas erhöht, da er sich eine mit Papier und Kartons übersäte Schlackenhalde ausgesucht hatte, die es hier auch noch gab. Seine Waffe hielt er mit beiden Händen fest, und er wurde vom Widerschein der Flammen gestreift, deshalb konnte ihn Bill Conolly so genau erkennen.

Weg kam der Reporter nicht mehr. Da war er Realist, das sah er auch ein, denn eine abgefeuerte Kugel würde ihn immer schneller erreichen. In seinem Magen bildete sich ein Klumpen. Bill bekam Angst vor dieser unheimlichen Gestalt in der langen roten Kutte, die eine Waffe auf ihn gerichtet hielt.

Dann peitschte der Schuß.

In einem Reflex riß Bill den Mund auf, er erwartete den Einschlag der Kugel irgendwo in der Brust, doch als sich nach zwei Sekunden noch immer nichts tat und er den Mann wanken sah, da wußte er Bescheid. Ein anderer hatte geschossen und ihm somit das Leben gerettet.

Suko!

Schon bekam der Reporter die Bestätigung. »Alles klar, Bill, du bleibst uns noch erhalten.«

»Okay«, stöhnte der Reporter, aber das hörte nur er. Tief atmete er ein, stand auf und schaute dabei zu dem

Schlackenberg hinüber, wo noch immer sein Gegner stand, als könnte er sich nicht entschließen, endlich zu fallen.

Er hatte die Arme sinken lassen. Blut und das Einschußloch waren auf seiner Kutte nicht zu sehen, aber jetzt geriet sein Körper in eine Schräglage, kippte um und landete auf dem nach unten laufenden Hang des Schlackenberges, wo er hinabrollte und sich mehrere Male überschlug. Er riß Kartons und Papiere mit sich, bis er vor dem Hang endlich ruhig liegenblieb.

Suko erreichte ihn schneller und kniete schon neben ihm. Mit einem harten Griff fetzte er ihm die Kapuze vom Kopf, und das schmerzverzerrte Gesicht eines jungen Mannes kam zum Vorschein.

»Ich kümmere mich um John«, sagte der Reporter, als er einen Blick auf das Gesicht geworfen hatte.

Suko nickte. »Das kannst du! Die anderen sind verschwunden! Aber wir haben ihn ja.«

Bill rannte weg. Die Sorge um seinen Freund John Sinclair beflügelte seine Schritte.

Suko sah das Einschußloch. Es befand sich an der rechten Seite. Er selbst hatte auf die Schulter des Vermummten gezielt, wegen des flackenden Lichts jedoch nicht richtig treffen können. Aus der Wunde rann kaum Blut, der Verletzte jedoch mußte irrsinnige Schmerzen haben, denn er wimmerte zum Steinerweichen.

Sorge stahl sich in das Gesicht des Chinesen. Wenn der Mann nicht auf schnellstem Weg in ärztliche Behandlung kam, konnte er ihm unter den Fingern wegsterben.

Suko strich dem Verletzten das schweißnasse Haar aus der Stirn. »Das hättest du dir ersparen können, mein Freund«, sagte er leise. »Was müßt ihr auch so Dummheiten machen.«

Suko bekam von ihm keine Antwort. Dafür kehrte Bill Conolly zurück. Sein Gesicht war bleich.

»Was ist?« fragte Suko.

»John und das Mädchen sind . . .«

Das Gesicht des Inspektors wurde hart. »Sag bloß, sie sind verbrannt?«

»Ich . . . ich weiß es nicht, Suko!«

»O nein . . .«, stöhnte der Chinese und schlug sich gegen die Stirn.

*

Ich warf mich hinein in die tanzende, lodernde, brutheiße Hölle. Leider hatte ich mich vorher nicht schützen können. Ich besaß kein Wasser zum Anfeuchten und auch keine Decke, die ich mir hätte über den Kopf werfen können. Wenn ich das Mädchen retten wollte, dann mußte ich einfach ohne Hilfen durch diese Flammenwand.

Die Glut wollte meine Lunge zerfressen. Atem bekam ich überhaupt nicht. Hier im Zentrum des Feuers existierte kein Sauerstoff mehr, die Flammen entrissen ihn der Luft.

Ich erkannte nichts. Nur diese verdammte, rötliche, tanzende, wabernde und zuckende Flammenwand vor mir. Ein Inferno aus Rauch, Feuer und Hitze.

Sind Sie schon mal durch einen Reisighaufen gelaufen, der dazu noch mit Holzbohlen, dünnen Brettern und zerborstenen Kisten aufgefüllt wurde?

Wenn ja, dann wissen Sie sicherlich, wie mir zumute war. Ich kam kaum voran, es fiel mir schwer, das Gleichgewicht zu halten, und ich mußte mit den Armen rudern, um nicht hinzufallen.

Irnmer wenn ich trat, stoben Funken auf. Sie umflogen mich. Winzige, glühende Teile, die sich auf meine Haare setzten, in die Augenbrauen und auch in meine Haut stachen, die inzwischen sicherlich so gerötet war wie die eines gekochten Krebses.

Es war ein erbitterter, verzweifelter Kampf gegen die mörderische Macht des Feuers, das schneller war als ich und schon fast den Pfahl erreicht hatte, an dem das Mädchen angebunden war.

Es schrie.

Diese Schreie gellten in meinen Ohren und mobilisierten bei mir schlummernde Kräfte. Sie trieben sie hoch an die Oberfläche, ich wühlte mich weiter vor und sah die Gestalt des Mädchens bizarr hinter den tanzenden Rauchschleiern erscheinen.

Sie zuckte und wand sich in den gemeinen Fesseln, ohne jedoch einen Erfolg verbuchen zu können. Die Stricke saßen einfach zu stramm, dafür hatten ihre Peiniger gesorgt.

Ich wühlte mich weiter vor, nahm die letzten Schritte in Angriff und prallte dann gegen den weichen Körper des Mädchens.

Auch hinter dem Pfahl sah ich das aufgeschichtete Reisig. Allerdings hatte man es dort nicht mit Benzin übergossen, so daß die Flammen jetzt nur in meinem Rücken loderten und ich nicht noch einmal mit dem Mädchen durch die Hölle mußte.

Sie schrie. Ich konnte es verstehen. Mit dem Silberdolch schnitt ich die Stricke entzwei.

Endlich fielen sie. Es war eine mühevolle Arbeit gewesen. Zweimal hatte ich auch das Mädchen geritzt – nur, was spielte das für eine Rolle.

Ich riß sie einfach mit, konnte mich selbst nicht mehr auf den Beinen halten, und gemeinsam fielen wir, eingehüllt in eine Wolke von Rauch, in das Reisig hinein.

Schläge peitschten gegen meine Gesichtshaut. Es tat weh. Mein Gesicht war sowieso schon malträtiert genug. Zum Glück machte die Gerettete keine Schwierigkeiten, ich konnte sie aus dem verdammten Reisig herausziehen und genau dorthin, wo die Luft besser war.

Gemeinsam und ineinander verkrallt wälzten wir uns über den Boden. Dabei bemerkte ich, daß meine Jacke brannte, doch durch das Drehen und Wälzen erstickte ich zum Glück die kleinen Flammen.

Luft konnte ich kaum einatmen. Meine Lungen waren zu sehr in Mitleidenschaft gezogen worden. Ich keuchte und würgte, atmete pfeifend und saugend und hatte dabei das Gefühl, als wollten meine Lungen den Sauerstoff gar nicht annehmen.

Wie zwei Tiere krochen wir weiter. Uns fehlte beiden die Kraft, auf die Beine zu kommen.

Zurück ließen wir eine Flammenhölle, in der jetzt auch der Pfahl lichterloh brannte. Das Girl hätte wirklich keine Chance gehabt. Die Verbrecher hätten sie eiskalt über die Klinge springen lassen, das stand fest.

Auf matschigem, öltriefendem Boden blieben wir völlig erschöpft liegen. Nebeneinander schnappten wir nach Luft, während träge Rauchschleier über uns hinwegzogen.

Ich hörte das Weinen des Mädchens und auch entfernt klingende Rufe. Jemand wollte etwas von mir, er rief meinen Namen. Ich war einfach nicht in der Lage zu antworten. Apathisch lag ich auf der Erde und atmete pumpend.

Wir hatten es geschafft.

Irgendwie war es gegangen, und ich spürte jetzt meinen Magen, wie er langsam in die Höhe wanderte und auch meine Kehle erreichte. Dann mußte ich mich übergeben.

Es ging einfach nicht anders.

»Mister.« Schwach drang die Stimme an meine Ohren. »He, Mister, hören Sie mich?«

Verdammt, sie sollte mich doch in Ruhe lassen. Ich bewegte trotzdem meine Arme, winkelte sie an und stützte meine Handflächen auf den Boden, was wiederum schmerzte, denn die Haut hatte einiges abbekommen. Mühsam hob ich den Kopf.

»Danke«, sagte das Mädchen. »Ohne Sie wäre ich jetzt verbrannt. Ich weiß nicht . . .«

»Vergessen Sie es!« keuchte ich und versuchte auf die Beine zu kommen. Hinsetzen konnte ich mich noch. Mehr aber auch nicht. Ein Schwindel erfaßte mich, alles drehte sich vor meinen Augen, und dann wußte ich einfach nichts mehr.

Vorbei . . .

*

Die Privatdetektivin Jane Collins war das, was man so gern eine moderne junge Frau nannte. Sie stand auf ihren eigenen Beinen, verdiente genug, um sich gut über Wasser halten zu können und war im Laufe der Zeit zu einer begehrten Detektivin geworden, die es sich auch erlauben konnte, einmal einen Fall abzulehnen.

In letzter Zeit hatte sie sogar mehrere Fälle abgelehnt. Scheidungssachen, die ihr einfach zu schmutzig waren, denn was da oft ans Tageslicht gezogen wurde, konnte man mit ruhigem Gewissen als beschämend bezeichnen.

Jane hatte wirklich ihre Prinzipien, und da sie davon nicht abging, ließ sie die Fälle sausen und machte drei Tage Urlaub.

Aber nicht auf einer südlichen Insel oder in Spanien, sondern in London. Sie blieb in der Stadt, um das nachzuholen, was sie sonst nicht schaffte. Einen Bummel ohne Streß durch die Geschäfte, mal in Mayfair durch die Bond Street wandern, wieder bei Harrod's vorbeischauen und auch der Oxford Street mit ihren zahlreichen Boutiquen einen Besuch abstatten. Sie vergaß auch nicht die Portobello Road, wo es einen der größten Flohmärkte in London gibt.

Die drei Tage waren wie im Flug vergangen. Als sie am Abend des dritten Tages aus der U-Bahn stieg und sich mit der Rolltreppe hochfahren ließ, war sie ziemlich geschafft.

Der Stimmenwirrwarr um sie herum störte sie nicht. Sie nahm ihn nur entfernt wahr. Jane fühlte Blei in den Beinen und auch den Armen, denn sie trug zwei Plastiktüten, die fast bis zum Rand mit Waren gefüllt waren.

Den Wagen hatte sie in der Tiefgarage gelassen. London erkundete man besser zu Fuß oder mit der Tube, der Underground. Die Detektivin hatte noch keine rechte Lust, sich mit einem Taxi nach Hause fahren zu lassen, sie wollte noch einen Schluck Kaffee trinken.

Die Leuchtreklame einer Cafeteria stach ihr ins Auge. Dort war genau der richtige Platz für sie. Ein paar Schritte brauchte sie nur zu laufen, um ihr Ziel zu erreichen.

Glitzender Lampenschein, viel Chrom, auch Mahagoni und schwarze Sessel. Die Theke war ziemlich groß und bildete einen Halbkreis. Dicht an dicht standen dort Gäste. Meist Männer und Frauen, die von der Arbeit kamen und rasch noch einen Schluck zur Brust nehmen wollten, bevor sie weiterfuhren.

Hier am Sloan Square war schon einiges los. Diese Ekke galt als Umsteigeplatz für Touristen, und es war fast ein kleines Wunder, daß Jane in der Cafeteria einen freien Platz bekam. Zudem noch am Fenster. Die Tüten stellte sie neben sich und zog auch ihre gefütterte, dreiviertellange Jacke aus. Außen Leder, innen Fell. Die Jakke wärmte. Jane hängte sie über die Rückenlehne, holte Zigaretten aus der schmalen Handtasche und entspannte sich, indem sie die Beine langmachte.

Das sonst lange blonde Haar hatte sie hochgesteckt. Es gab ihr ein damenhafteres Aussehen. Sie trug einen schwarzen Cordrock, der an beiden Seiten Schlitze zeigte und einen hellroten Pullover aus Cashmere. Er lag locker auf der Haut und wärmte denoch.

Der zweite Stuhl an ihrem kleinen runden Tisch war nicht besetzt, er wurde jedoch weggeholt, denn man brauchte ihn drei Tische weiter, weil sich dort eine Clique getroffen hatte.

Der Kellner kam. Es war ein kleiner Mann mit einem gewaltigen Schnauzbart. Er trug eine schwarze Hose und ein weißes Hemd. Sein Gesichtsschnitt wies auf einen Inder hin.

»Was wünschen Sie?«

»Kaffee.«

»Auch etwas zu essen?«

Jane überlegte schnell. Eigentlich ja. Sie hatte seit dem Mittag nichts zu sich genommen. »Was haben Sie denn?«

»Sie können mit zum Salatbu. . .«

»Nein, danke, geben Sie mir einen gemischten Salat, wenn es klappt.«

»Natürlich, Miß.« Der Kellner lächelte. »Welch ein Dressing wünschen Sie?«

»Egal, nur nichts Fettes.«

»Joghurt wäre da gut.«

»Auch das. Und vergessen Sie bitte nicht die Tasse Kaffee, die ist mir wichtig.«

»Keine Sorge, Lady. Es wird alles zur Zufriedenheit erledigt.« Der Kellner lächelte und verschwand.

Jane schüttelte den Kopf. Daß der Mann in diesem Trubel noch so freundlich war und dabei auch auf die Wünsche der Gäste einging, konnte man wirklich als außergewöhnlich bezeichnen.

Jane griff nach der Zigarettenschachtel und zündete sich ein Stäbchen an. Dann brachte der Kellner auch schon den Kaffee. Er schwappte in ovalförmigen Tassen und war heiß.

»Danke«, sagte die Detektivin, als der Mann die Tasse abstellte.

»Der Salat ist schon auf dem Weg.«

Jane nickte. »Lassen Sie sich ruhig ein wenig Zeit damit. Ich trinke erst den Kaffee.«

»Wie Sie wünschen, Miß.«

Nachdem der Ober verschwunden war, trank Jane. Der Kaffee war wirklich gut. Er rann die Kehle hinunter, wärmte den Magen auf und gab Jane das gute Gefühl der Entspannung.

Sie schaute nach draußen und ließ den Rauch der Zigarette durch die Nasenlöcher strömen.

Viel Betrieb. Er wurde auch nicht weniger, sondern schien sich noch zu verdichten. Diesen Eindruck jedenfalls hatte die blondhaarige Detektivin. Zahlreiche Menschen hasteten an den Fenstern vorbei. Manche warfen einen Blick durch die Scheibe, andere gingen weiter. Ziemlich verbissen sahen sie aus, und sie schleppten Tüten oder Kartons, denn das Weihnachtsfest stand vor der Tür. Daran erinnerten auch die Auslagen der Schaufenster und die Leuchtreklamen. Künstliche Tannen, viel Licht, viel Werbung und Gefühlsduselei. Man zog den Käufern mit allen Tricks das Geld aus der Tasche. Trotz Flaute und Wirtschaftskrise wurde zu Weihnachten gekauft.

Jane trank langsam. Es war interessant, den Menschen zuzusehen. Sie selbst konnte sich dabei herrlich entspannen und den Kaffee genießen, der wirklich stark war. Sie behielt die Tasse in der rechten Hand und schaute über den Rand durch die Scheibe nach draußen.

Bis zum Boden reichte das Fenster. Zwar war es mit Gardinen geschmückt doch die nahmen nur ein Drittel der Scheibenfläche ein. Dicht unter der Decke führte die Leiste her, wo sie begannen.

Menschen über Menschen.

Viele drängten auch in das Café, schauten sich nach freien Plätzen um, aber jetzt war nichts zu machen. Jane hatte wirklich noch einen der letzten erwischt.

Auch von draußen warfen die Passanten Blicke in die Cafeteria. Kinder blieben stehen, streckten die Zunge aus dem Mund oder hampelten sonstwie herum.

Jane mußte lachen, als sie die Kleinen sah. Ein Junge hatte ihr es besonders angetan. Er schien um die zehn Jahre alt zu sein, trug einen wattierten, dunkelblauen Winteranzug und eine rote Pudelmütze auf dem Kopf. Es war ein kleiner Mischlingsjunge, er strahlte Jane an und begann zu tanzen, als die Detektivin winkte.

»Darf ich Ihnen jetzt den Salat servieren?« hörte Jane neben sich die Stimme.

»Natürlich, gern.«

»Danke.«

Der Junge tanzte noch immer. Jane hatte nur für ihn Augen, deshalb achtete sie nicht auf die Menschen, die um den Kleinen spazierten oder hasteten.

Erst als sich jemand vor das Kind stellte, wurde die Detektivin aufmerksam. Sie wollte den Blick heben, doch da brachte der Kellner ihren Salat.

»Das sieht ja gut aus«, lobte Jane und schaute sich die knackigen Salate an. Das Gericht war mit Hühnerfleisch schmackhafter gemacht worden.

»Guten Appetit«, wünschte der Ober.

»Danke sehr.« Jane begann zu essen. Erst jetzt blickte sie wieder auf die Scheibe.

Der Junge war verschwunden. Aber der Mann stand dort noch. Wie eine Steinfigur. Groß, wuchtig – irgendwie drohend, denn dieses Gefühl hatte Jane, und über ihren Körper rann eine leichte Gänsehaut, als sie hochschaute.

Schwarzer Mantel, dunkler Anzug, breite Schultern und ein Gesicht, das Jane Collins nie im Leben vergessen würde und auch nicht konnte. Vor Schreck rutschte ihr die Gabel aus der Hand und blieb neben dem Teller liegen.

Der Mann da, das war kein anderer als Gordon Schreiber!

Unwillkürlich stöhnte Jane auf. Böse Erinnerungen wurden bei ihr wach. Bei dem Fall der Seelenburg hätte sie fast ihr Leben verloren. Sie hatte danach ziemlich lange im Krankenhaus liegen müssen, verletzt durch mehrere Messerstiche, denn die Hexen, die Gordon Schreiber hörig waren, hatten keine Gnade gekannt.

Daß er es war, daran gab es keinen Zweifel. Zudem war er John Sinclair damals mit einem Flugdrachen entkommen. Es war damit zu rechnen gewesen, daß er irgendwann in London auftauchte, denn er hatte nicht vergessen, was Jane Collins ihm angetan hatte.

Breitschultrig war er, hatte dichtes, dunkelbraunes Haar und Augen mit jettschwarzen Pupillen. Wie immer war sein Gesicht sonnenbraun, trotzdem machte er den Eindruck eines düsteren Mannes und verzog nun die Lippen zu einem kalten Lächeln. Für Jane Collins ein Beweis, daß auch Schreiber sie erkannte hatte.

Ein Zufall? Nein, sicherlich nicht. Gordon Schreiber gehörte zu den Typen, die systematisch vorgingen, die überließen nichts dem Zufall. Sein Haß auf Jane Collins war groß, sie war an seiner Niederlage stark beteiligt, und Jane stellte mit Erschrecken fest, daß dieser Mann sie bestimmt eine ganze Weile beobachtet hatte. Erst jetzt zeigte er sich, und er mußte sich verdammt sicher fühlen.

Das Lächeln blieb, auch als Schreiber seine rechte Hand aus der Manteltasche holte. Dabei drehte er den Arm etwas, so daß Jane nicht sehen konnte, was er genau in der Hand hielt. Leicht winkelte er den Arm an und hob ihn.

Dann wandte er die Hand um.

Eine blitzschnelle Bewegung, und Jane sah etwas funkeln.

Es war ein Dolch!

Er besaß eine lange Klinge. Beidseitig war sie geschliffen, das wußte die Detektivin, denn sie hatte mit so einem Dolch bereits Bekanntschaft gemacht.

Er gehörte zu den Hexenmessern, die man ihr in den Körper gestoßen hatte.

Licht streifte die geschliffene blanke Klinge und warf einen blitzenden Reflex.

Hastig sprang Jane Collins auf. Im ersten Augenblick glaubte sie daran, daß Gordon Schreiber den Dolch durch die Scheibe stoßen würde, dann jedoch schüttelte er den Kopf, lächelte noch kälter und breiter, wandte sich um und verschwand.

Janes rechte Hand lag auf der Handtasche. Sie hätte sie normalerweise an sich gerissen und ihre Astra hervorgeholt, um sich zu wehren. Das war nicht mehr nötig, denn Gordon Schreiber hatte es vorgezogen, zu verschwinden.

Die Detektivin schluckte. Wie eine Marionette ließ sie sich auf den Stuhl fallen und war kalkweiß im Gesicht. So etwas durfte nicht sein, das war einfach zu grauenhaft, die Vergangenheit hatte sie wieder eingeholt. Schrecklich . . .

Plötzlich verspürte sie keinen Appetit mehr. Sie sah den Salat und schob den Teller zur Seite. Auch die Cafeteria gefiel ihr nicht mehr. Keine Sekunde wollte sie länger sitzenbleiben. Sie mußte einfach weg und winkte dem Kellner.

Der kam sofort. Sein Gesicht drückte Bedauern aus, als er auf den Teller schaute. »Hat es Ihnen nicht geschmeckt, Miß?«

»Doch, doch, aber mir ist eingefallen, daß ich dringend weg muß und schon sehr spät bin.«

»Das ist schade. Zum Essen sollte man sich Zeit nehmen, Miß.«

Jane lächelte. »Natürlich, im Normalfall mache ich das auch, aber in der Hetze jetzt ist es mir einfach durchgegangen. Sie verstehen sicherlich.«

»Natürlich.« Der Ober rechnete rasch zusammen und nannte den Betrag, auf den Jane noch ein Trinkgeld zulegte.

»Ich danke Ihnen, Miß. Und beehren Sie uns bald wieder. Einen Platz werde ich für Sie immer finden.«

»Das ist nett, danke.«

Jane erhob sich, nahm ihre Tüten, nickte dem Kellner noch einmal zu und verließ das Lokal.

Draußen empfing sie wieder der Trubel. Stimmengewirr, Hetze, das ewige Rollen des Verkehrs, Lichter und Girlanden aus künstlichen Tannennadeln, die über den Bäumen am Sloane Square hingen.

Von Gordon Schreiber sah die Detektivin nichts. Jane war vor der Tür stehengeblieben. Schreiber war ziemlich groß. Er mußte eigentlich auffallen, aber nicht in diesem Trubel und der künstlichen Lichterhelligkeit, wo die auf- und abgehenden Menschen an einen riesigen Wurm erinnerten, der sich durch die Straßen wälzte.

Schreiber war und blieb verschwunden. Allerdings glaubte Jane daran, daß er sie unter Kontrolle behielt. Er würde sie nicht aus den Augen lassen, und das bereitete der Detektivin Unbehagen. Kalt strich es über ihren Rükken, die Haut dort zog sich zusammen, als sie sich in Bewegung setzte und langsam weiterging.

Sie wollte mit einem Taxi nach Hause fahren, das erschien ihr am sichersten.

Da sah sie die rote Telefonzelle. Soeben verließ ein junges Mädchen sie und schleuderte sich einen langen bunten Schal zweimal um den Hals. Mit einem Ende verhakte sich der Schal in der zufallenden Tür, Jane zog ihn frei.

Das Mädchen lief weiter, bedankte sich mit einem Lächeln, und Jane betrat die Zelle. Sie mußte unbedingt mit John Sinclair reden, denn er war auch an Schreiber interessiert. Es konnte ihn einfach nicht kalt lassen, daß ein Mann wie Gordon Schreiber in London herumlief.

Jane warf Geldstücke ein und wählte Johns Nummer. Dort hob niemand ab. Sie gab aber nicht auf und versuchte es in seiner Privatwohnung. Auch dort ging niemand an den Apparat.

Sinclair war unterwegs. Aber vielleicht war Suko zu Hause. Jane versuchte es bei ihm. Der Chinese gehörte inzwischen auch zum Yard. Es konnte sein, daß er schon zu Hause war.

Shao meldete sich. Von ihr erfuhr Jane, daß beide Männer unterwegs waren.

»Soll ich etwas bestellen?« fragte Shao.

»Nein, laß nur, ich regle das später.«

»Und wann kommst du mal wieder?«

Jane lachte. »Vielleicht heute abend noch.«

»Würde mich freuen.«

»See you.« Die Detektivin hängte ein. Sie nahm die Tüten wieder hoch und drückte mit der Schulter die Zellentür auf. Einen Schritt machte sie, dann blieb sie wie angewurzelt stehen.

Neben einem am Straßenrand parkenden Wagen stand Gordon Schreiber. Die Fahrertür stand offen, Jane konnte in den Jaguar hineinschauen und sah in das Gesicht einer Frau, aus deren Haarflut zwei kleine grüne Schlangen wuchsen . . .

*

Es roch nach Desinfektionsmitteln, nach scharfen Essenzen, nach Salben und Arzneien. Und wenn es so riecht, dann kann es sich eigentlich nur um ein Krankenhaus handeln.

Es war ein Krankenhaus, in das man mich geschafft hatte. Allerdings lag ich nicht auf dem Zimmer, sondern in der Ambulanz auf einer Trage und hatte eine Maske vor dem Gesicht. Ich bekam gewissermaßen eine Sauerstoffdusche. Bis auf die Unterhose hatte man mich ausgezogen und auch schon behandelt.

Was da so stank, befand sich als eine Schmiere auf meinem Körper. Das war Brandsalbe, grünlich schimmernd und ziemlich glitschig. Neben der Trage stand eine Schwester, die bemerkte, daß ich die Augen geöffnet hatte und lächelte.

Ich deutete auf die Maske. Das Ding sollte weg. Ich hatte genug Sauerstoff bekommen. Die Schwester nickte und löste die Maske vom Unterteil meines Gesichts.

»Das wurde auch Zeit«, sagte ich und hustete.

»Wollen Sie wieder die Maske . . .«

»Nein, es geht auch so.« Ich stemmte die Hände auf die Unterlage und setzte mich hin. Hundertprozentig fit fühlte ich mich zwar nicht, aber es ging mir besser. Und mit den Brandwunden sah es nicht so schlimm aus. Am meisten hatten die nicht bedeckten Körperstellen mitbekommen, wie Hände und Gesicht, aber diese waren ja mit dem kühlenden Zeug eingerieben worden, so daß ich mich nicht zu beschweren brauchte.

»Wie geht es denn dem Mädchen?« fragte ich.

»Besser.«

»Als mir?«

»Nein, das Girl hat mehr abbekommen, auch einen seelischen Schock. Wir haben Miß Celia nicht in der Ambulanz liegenlassen können, sondern auf ein Zimmer gebracht.«

»Und meine beiden Freunde?«

»Sie meinen Mr. Conolly und den Chinesen?«

»Genau.«

»Werden gleich zurücksein. Mr. Conolly wollte für Sie neue Kleidung besorgen.«

Das war auch nötig, denn in meine alten Klamotten konnte ich wirklich nicht einsteigen. Sie waren verkohlt.

Man hatte mir die Uhr abgenommen, und ich erkundigte mich, wie spät es war.

»Sechs Uhr morgens.«

»Was?«

»Ja, Sie waren so lange bewußtlos. Das war auch gut, denn Sie hatten eine kleine Rauchvergiftung.« Die Schwester, sie war etwa 40, drehte sich um und holte einen Spiegel. »Da, sehen Sie mal.«

Ich schaute hinein und wurde noch blasser. »Bin . . . bin ich das wirklich?«

»Sicher.«

O Gott, ich sah vielleicht aus. Die vorderen Haare waren samt und sonders verkohlt. Eine Schönheit bin ich ja wirklich nie gewesen, aber jetzt hätte ich vor mir selbst Angst kriegen können. Hinzu kam die rote Gesichtshaut, auf die man die grünliche geleeartige Salbe geschmiert hatte.

»Na denn«, sagte ich und ließ den Spiegel sinken. »Frankenstein hätte seine Freude an mir gehabt.«

Die Schwester lachte. »Sie haben wenigstens Humor, Sir. Das kann man nicht von allen Polizisten behaupten.«

»Schlechte Erfahrung gemacht?«

»Ich war zehn Jahre mit einem verheiratet. Jetzt sind wir geschieden.«

»Na denn.«

Suko kam. Als er mich auf dem Bett sitzen sah, da lächelte er. »Der Tote ist wieder wach.«

»Und wie«, sagte ich.

Mein Partner nahm neben mir Platz. Ich war natürlich gespannt auf seinen Bericht und fragte ihn. Suko gab mir in knappen Worten Auskunft. »Zum Glück ist es uns rechtzeitig gelungen, die Ambulanz zu alarmieren. Der Angeschossene wird durchkommen.«

»Wie heißt er?«

Der Chinese hob die Schultern. »Die Ärzte haben ihn abgeschottet. Keiner darf zu ihm.«

»Dann verläuft die Spur vorerst im Sande«, erwiderte ich leise. »Das ist Mist.«

»Was willst du machen?«

»Vielleicht kann das Mädchen uns weiterhelfen?«

Suko schaute mich an. »Klar. Zudem liegt sie nur eine Etage höher. Wenn Bill dir neue Sachen gebracht hat, gehen wir hoch, auch wenn du aussiehst wie Frankenstein«, grinste der Chinese.

»Der Unterschied zwischen dir und mir ist ja der«, erwiderte ich langsam. »Ich kann anziehen und aussehen wie ich will. Das spielt keine Rolle. Aber du solltest erst mal deine Maske abnehmen, sonst erschreckst du noch die Leute.«

»Hast du Maske gesagt?«

»Ach, das ist dein Gesicht. Entschuldige vielmals.«

Die Schwester hörte uns zu und schüttelte den Kopf. So etwas hatte sie noch nie erlebt.

Dann kam Bill Conolly. Er grinste breit, als er mich sah und sagte: »Hi, Frankenstein.«

»Jetzt fang du nicht auch noch an.«

Der Reporter warf die Ersatzkleidung neben mir aufs Bett. Die Schwester drehte sich schamhaft um, als ich die Unterhose wechselte und in die neuen Klamotten stieg. Meine Waffen hatte Bill auch sichergestellt. Sogar das Kreuz hatte man mir abgenommen.

Meine Haut schmerzte noch immer. Besonders wenn ich das Gesicht verzog. Und auch die Handrücken brannten, ansonsten ließ es sich aushalten.

»Gehen wir zu dem Mädchen?« fragte Suko.

»Klar.«

»Ich weiß nicht, ob Sie die Verletzte jetzt schon besuchen können«, sagte die Schwester. »Vielleicht ist es doch besser, wenn Sie noch warten.«

»Nein, hier geht es um mehr, glauben Sie mir. Sie wollen doch weiterhin ruhig schlafen können.«

Sie schaute mich an. »Natürlich.«

»Dann müssen wir mit dem Girl reden.«

Die Ambulanz lag im Keller des Krankenhauses. Wir betraten einen breiten gefliesten Gang und gelangten an die Aufzüge, die uns nach oben brachten. Aus der nahen Großküche hörten wir das Klappern von Geschirr.

Im dritten Stock wurde das Frühstück verteilt. Ich hielt eine Schwester an und fragte nach Celia.

»Jetzt ist aber keine Besuchszeit«, bekam ich zur Antwort.

Ich zeigte ihr meinen Ausweis. Da wurde sie etwas netter und nannte uns die Zimmernummer.

Celia lag auf dem Rücken, als wir leise den Raum betraten. Sie schlief nicht, aus großen Augen schaute sie uns an. Ihre Hände waren verbunden, auf ihrem Gesicht glänzte die gleiche Salbe wie auf meinem.

»Hallo, Celia«, sagte ich.

Sie lächelte. »Hallo. Ihnen habe ich mein Leben zu verdanken, nicht wahr?«

»So ungefähr, aber wir waren alle daran beteiligt. Glück muß der Mensch eben haben.«

»Sicher, aber so etwas möchte ich nicht noch einmal erleben. Wirklich nicht.« Sie begann zu weinen.

Ich ließ sie und nahm auf der Bettkante Platz. Suko und Bill blieben stehen.

Nach einer Weile hatte sich Celia wieder beruhigt, und ich stellte die erste Frage. »Wie war es überhaupt möglich, daß Sie in so eine Lage geraten sind?«

»Das ist schwer zu erklären.«

»Versuchen Sie es trotzdem.«

Sie schaute mich an.

»Glauben Sie daran, daß es echte Hexen gibt, Mr. Sinclair?«

»Ja.«

»Wirklich?«

»Wenn ich es Ihnen sage.«

»Dann ist es gut. Ich war froh, als man mir gesagt hatte, wie Sie heißen und wer Sie sind. Und ich kann Ihnen versichern, daß es tatsächlich Hexen in London gibt. Angeführt werden sie von einer gewissen Wikka, sie ist die Oberhexe, und sie arbeitet mit einem Mann zusammen, der Gordon Schreiber heißt.«

Da hatte ich den Namen. Gordon Schreiber also! Es hatte so kommen müssen. Er hielt sich in London auf und war vielleicht noch stärker geworden als damals, denn die Oberhexe namens Wikka durfte ich auf keinen Fall unterschätzen, das war mir jetzt schon klar. »Woher wissen Sie das alles so genau?« wollte ich wissen.

»Ich habe geforscht, denn eine Freundin von mir ist in den Bann dieser Hexe geraten. Sie wollte auch mich bekehren, wie sie so schön sagte, und ich ging zum Schein auf dieses Angebot ein. Ich begleitete sie zu Schwarzen Messen und habe Schreckliches dort gesehen. Allerdings wußte ich nicht, daß man mir bereits auf der Spur war. Irgend jemand hat einen Privatdetektiv angeheuert. Der Mann heißt Clint Cannon, wie ich von einem der Vermummten erfahren habe. Und Cannon hat auch meinen Namen weitergegeben. Gestern abend kamen sie plötzlich in meine Wohnung. Ich hatte keine Chance. Sie rollten mich in einen Teppich und verschwanden. Richtig zu mir gekommen bin ich eigentlich erst auf dieser Müllhalde. Und da hörte ich dann, was sie mit mir vorhatten. Sie schlugen mich, wollten Informationen haben, aber ich konnte ihnen keine geben. Die beiden Namen wußten sie selbst. Schließlich schafften sie mich auf den Scheiterhaufen. Diese Hexenjäger, Oberinspektor, sind ebenso schlimm wie die anderen.«

»Ich weiß.«

»Die werden mich auch hier finden.«

»Nein«, erwiderte ich. »Wir werden ihnen das Handwerk schon legen. Glauben Sie mir.«

»Sie sind mächtig.«

»Inwiefern?«

»Geld, Sir. Sie besitzen Geld und Macht. Vielleicht sind ihre Taten auch politisch motiviert, heutzutage ist ja alles möglich. Auf jeden Fall wissen sie von der Existenz der Hexen, und sie wollen sie mit ihren Methoden ausrotten. Wie früher, als die grausame Inquisition noch am Werke war.«

»Wir müssen sie trotzdem bekämpfen. Es geht nicht an, daß jemand, und seien die Motive noch so edel, das Recht selbst in seine Hand nimmt. Wobei man bei den Hexenjägern nicht von edlen Motiven reden kann, denn sie sind ebenso schlimm wie die dämonischen Gegner.«

»Das war gut gesagt, Sir. Sie scheinen sich auszukennen.«

»Und wie.«

Bill wollte etwas wissen. Er war die Zeit über unruhig im Zimmer auf und ab gelaufen. »Wie heißt denn Ihre Freundin?«

»Judy Gray.«

»Und wo wohnt sie?«

»In der Black Prince Road. Das ist im Lambeth.«

Bill schrieb mit. »Und wo trafen sich die Hexen immer?« wollte er noch wissen.

»Das kann ich nicht genau sagen. Sie haben verschiedene Treffpunkte. Mal in einer Villa, dann wieder in alten, leerstehenden Häusern, wo sie die Keller benutzen.«

»Ein direktes Hauptquartier gibt es nicht?« hakte ich nach.

»Ja, aber ich weiß nicht, wo es sich befindet.«

»Und wo haben sich die Hexen zum letztenmal getroffen?« erkundigte ich mich.

»Das war eine Villa in Mayfair. Nahe am Green Park, in der Brick Street.«

Wir bedankten uns bei dem Mädchen, denn es hatte uns mit einigen wichtigen Informationen versorgt. Ich beruhigte sie auch noch, indem ich ihr sagte, daß zu ihrem Schutz ein Polizist abgestellt würde. »Der Mann wird vor Ihrer Tür sitzen, Celia, und keinen zu Ihnen hineinlassen. Das verspreche ich.«

»Danke.« Sie lächelte und weinte gleichzeitig. Sie war glücklich, noch am Leben zu sein.

»Die Hexenjäger finden wir auch«, sagte ich. »Wir sorgen dafür, daß in London keine Scheiterhaufen mehr brennen.«

»Bist du dir da sicher?« Bill Conolly sprach mich auf dem Gang darauf an.

»Ich hoffe es zumindest.«

»Na ja.«

Am Aufzug blieb ich stehen. Noch immer fühlte ich mich ein wenig wacklig auf den Beinen, zudem brannte mein Gesicht. Ich mußte wieder neue Salbe auf die Haut schmieren. Man hatte mir eine Tube mitgegeben.

»Was ist?« fragte Bill.

»Willst du überhaupt mitmachen?«

»Du hast vielleicht Nerven, John. Schließlich war ich der berühmte Stein des Anstoßes.«

»Okay.« Ich grinste, und auch Suko konnte sich ein Lächeln nicht verbeißen, während Bill weiterschimpfte.

Mein Bentley stand auf einem Parkplatz. Suko und Bill waren mit ihm hinter dem Wagen der Ambulanz hergefahren. Der Chinese berichtete, daß sie mich und das Mädchen bewußtlos gefunden hatten. Vom Haus des Wächters aus hatten sie die Ambulanz alarmiert.

Suko fuhr auch den Bentley zum Yard-Building. Inzwischen war es fast acht Uhr und offizieller Arbeitsbeginn. Wir wühlten uns durch den Londoner Morgenverkehr, gerieten zweimal in den Stau und trafen mit einer halben Stunde Verspätung ein.

Auf dem Weg zu unserem Büro fragte ich Suko: »Ist Sir James eigentlich informiert worden?«

Der Chinese nickte. »Ich habe ihn angerufen.«

»Ausgezeichnet.«

»Ja, er denkt mit«, meinte Bill und kassierte von Suko dafür einen leichten Rippenstoß.

Glenda bekam Stielaugen, als sie mich sah. »John!« rief sie »Was hat man denn mit Ihnen gemacht? Sind Sie gegrillt worden?«

»Fast«, erwiderte ich. »Aber dann fiel den anderen ein, daß ich zu zäh bin, und ich konnte von der Platte hüpfen. Sonst hätten Sie mich jetzt anknabbern können.«

»Ach, hören Sie auf.« Glenda wollte natürlich wissen, was geschehen war. Ich berichtete in Stichworten und sagte nicht nein, als Glenda sich anbot, die Salbe auf mein Gesicht und die Handrücken zu streichen.

Dafür nahm ich auf ihrem Stuhl Platz. Ihre geschickten Finger strichen über mein Gesicht, ich schloß die Augen und versuchte trotz der in Mitleidenschaft gezogenen Gesichtshaut ein Grinsen, was mir einigermaßen gelang.

»Fertig«, sagte Glenda nach einer Weile.

»Schon?«

Die anderen lachten. Das Klingeln des Telefons unterbrach ihr Gelächter. Suko hob ab. »Okay, Sir«, sagte er. »Wir kommen zu Ihnen. Ja, auch Oberinspektor Sinclair.«

Ich stemmte mich vom Stuhl hoch. »Der Alte?«

»Genau«

»Na denn viel Spaß«, sagte Bill. »Ich bleibe so lange bei Glenda und werde mir einen Kaffee geben lassen.«

Schon an der Tür rief ich: »Das sagen wir Sheila.«

Bill grinste. »Die weiß zum Glück, was sie an mir hat. Ich bin ja nicht so ein Windhund wie du, John.«

»Warte, wenn ich zurückkomme.«

Sir James schaute mich an, sagte aber nichts. Das hatte ich von ihm auch erwartet. Er bot Suko und mir einen Platz an und bat um unseren Bericht.

Den spulten wir ab. Sir James machte sich hin und wieder Notizen. Sein Gesicht wirkte sehr nachdenklich und ernst. »Wir haben es hier also mit zwei Gruppen zu tun. Einmal die Dämonischen und zum anderen die Hexenjäger.«

»Genau.«

»Welche ist gefährlicher?«

Die Frage galt mir. Deshalb bekam mein Chef auch von mir die Antwort. »Ich halte die Dämonischen vom Gefühl her für gefährlicher. Auch wenn wir die anderen nicht unterschätzen dürfen. Sie gehen mit allen Mitteln vor und sind brutal bis zum Exzeß. Sie scheuen sich nicht, auch Unschuldige auf den Scheiterhaufen zu stellen und zu verbrennen. Das ist genau die Situation.«

»Die wir in den Griff bekommen müssen«, sagte Sir James.

»Natürlich.«

»Normalerweise müßte ich zahlreiche Beamte abstellen. Das geht aber nicht. So bleibt uns nichts anderes übrig, als nach zwei Seiten zu kämpfen. Wie Sie wissen, war ich früher dagegen, daß sich Fremde in unsere Arbeit einmischen. In diesem Fall möchte ich eine Ausnahme machen. Bill Conolly halte ich für einen sehr guten Mann, der auch ein intimer Kenner der Verhältnisse ist. Deshalb möchte ich sie bitten, John, Mr. Conolly zu überreden, daß er nach einer Seite die Nachforschungen führt, während Suko und Sie sich um die Hexen kümmern. Jeder von uns weiß, wie gefährlich Gordon Schreiber ist. Jetzt hat er durch diese Hexe Wikka Unterstützung bekommen, und ich glaube, daß beide zusammen ein Tandem des Schreckens abgeben.«

Puh, das war eine lange Rede. Sonst sprach Sir James kürzer. Ich nickte. »Okay, Sir, wir gehen nach dem Plan vor. Bill Conolly ist schon mit bei der Sache. Von ihm kamen schließlich auch die ersten Anstöße zu diesem Fall.«

»So hatte ich gedacht.«

Wir beschlossen, dicht am Ball zu bleiben und Sir James zu unterrichten.

Zum Schluß sagte er: »Nehmen Sie keinerlei Rücksicht auf Ansehen und Person. Wenn sich Prominente hinter dem Club der Hexenjäger verbergen, dann schlagen Sie zu.«

»Natürlich, Sir«, erwiderte ich. »Außerdem wird der junge Mann reden, wenn er ein wenig genesen ist. Noch wissen wir seinen Namen nicht, da er keinerlei Papiere bei sich trug. Doch die Kleidung unter der Kutte schien mir ziemlich teuer zu sein. Zu den Armen gehört er sicherlich nicht.«

»Das war vorauszusehen.«

Eine Minute später standen wir wieder auf dem Gang. Suko fiel etwas ein.

»John, wenn dieser Gordon Schreiber sich in London aufhält, will er nicht nur dir an den Kragen.«

Ich blieb stehen, denn ich wußte sofort, was Suko mit diesem Satz bezweckte.

»Du meinst Jane?«

»Genau. Man sollte sie warnen.«

»Sicher, daran habe ich nicht gedacht.« Ich schlug gegen meine Stirn. »Wir werden es gleich erledigen.«

Bill saß bei der zweiten Tasse Kaffee, als wir das Büro betraten. Glenda schwenkte ein Blatt Papier. »Das wurde soeben abgegeben.«

Ich las die Zeilen durch. Es war eine Mitteilung der Mordkommission. Man hatte einen Toten gefunden, äußerlich verunstaltet, als hätte man ihm Säure in das Gesicht geschüttet. Trotzdem war er zu identifizieren gewesen.

»Clint Cannon«, murmelte ich.

Bill stand auf. »Was ist mir ihm?«

Suko hatte mitgelesen und gab die Antwort. »Er ist tot, Bill. Man hat seine Leiche in den frühen Morgenstunden gefunden. Steif gefroren. Und Cannon war den Hexen auf der Spur. Sie haben sich verdammt gerächt.«

Betroffen schauten wir uns an. Keinem war wohl bei diesem Fall.

Jeder von uns hatte das Gefühl, mit beiden Beinen mitten in die Hölle zu springen . . .

*

Fünf, sechs Schritte. Größer war die Entfernung nicht, die Jane von Gordon Schreiber und dem schwarzen Jaguar am Straßenrand trennten. Einladend stand die Tür des Wagens offen, aber Jane würde einen Teufel tun und einsteigen. Nein, da mußten die anderen sie schon holen.

Man konnte die Detektivin ohne weiteres als eine mutige Frau bezeichnen, doch in diesem Moment verspürte sie Angst.

Sie hatte die Brutalität des Gordon Schreiber am eigenen Leibe zu spüren bekommen. Dieser Mann würde nie nachgeben, und nun hatte er Unterstützung bekommen von einer schwarzhaarigen Person, aus deren Kopf zwei grüne Schlangen wuchsen.

Es schien so, als hätten die übrigen Passanten bemerkt,

daß sich zwischen der blondhaarigen Frau und dem dunkelhaarigen Mann eine stumme Zwiesprache anbahnte. Die Leute schlugen unwillkürlich einen Bogen um die beiden, so daß Schreiber und Jane sich anschauen konnten.

Zwischen ihnen befand sich ein Vakuum.

Teuflisch lächelte der Konzernherr mit den schottischen Vorfahren.

Er bewegte seinen Arm, und Jane sah die lange Messerklinge, deren Spitze auf sie zeigte.

Einen Mord!

Himmel, wollte dieser Satan wirklich einen Mord auf offener Straße begehen?

Schreiber kam näher. Sein Gang war leicht wiegend, das Lächeln auf seinem Gesicht blieb. Die jettschwarzen Augen waren streng auf Jane Collins gerichtet, und dann sprach er sie an. »Komm her, Jane! Du gehörst mir!«

Die Detektivin schüttelte den Kopf. »Nein, ich . . .« Sie wollte noch mehr sagen, doch auf einmal konnte sie nicht mehr sprechen.

Wie zugeschnürt war ihre Kehle. Dafür sah sie, wie die Frau aus dem Jaguar stieg. Mit Bewegungen, die sehr geschmeidig waren und an ein Pantherweibchen erinnerten.

Neben dem Jaguar blieb sie stehen, hob einen Arm, winkelte ihn an und legte ihn auf den oberen Türholm. Dabei blitzte es für einen winzigen Augenblick in ihren Augen seltsam gelb auf, die beiden Schlangen zischten, und die Umgebung veränderte sich von einer Sekunde zur anderen. Es waren zwar noch immer die Straße vorhanden und der Gehsteig, aber Jane nahm die Menschen nicht mehr körperlich wahr. Sie schritten einfach durch sie hindurch.

Die gesamte Perspektive wirkte verzerrt, als hätte jemand mehrere Glasscheiben dazwischengeschoben, die ein normales Sehen und Erfassen unmöglich machten.

Auch Janes Denken und Fühlen war eingeschränkt. Sie sah nur noch Gordon Schreiber und sein Messer, dessen Klinge ihr unendlich lang erschien, weil die Schwarze Magie die Gegenstände so verzerrte.

Auch Schreiber sah anders aus. Er glich in seiner dunklen Kleidung einem gefährlichem Monster. Das Gesicht war verzogen.

Schief stand der Mund, und nur die Augen leuchteten in einem dunklen Glanz, als hätte der Mond eine schwarze Farbe angenommen.

Jane merkte überhaupt nicht, wie sich ihre Finger öffneten und die Tüten aus der Hand rutschten, sie hatte nur Augen für Gordon Schreiber, der immer größer wurde und dessen Gesicht sich noch schrecklicher verzerrte.

Still war es um beide herum. Kein Verkehrslärm, keine Stimmen. Es war eine drückende, lastende Stille, die von Schreibers zischenden Worten unterbrochen wurde.

»Hab ich dich!«

Dann fuhr die rechte Hand mit dem Messer vor. Riesengroß wurde die Klinge vor Janes Augen, und plötzlich spürte sie einen scharfen Schmerz auf der Stirn, als Gordon Schreiber ihr mit dem Messer ein Zeichen in die Haut ritzte.

Viermal setzte er an. Vier Schnitte, die er miteinander zu einem Buchstaben verband.

Haut platzte auf. Blut sprudelte daraus hervor, lief über Janes Gesicht und konnte auch von den Augenbrauen nicht aufgehalten werden.

Schreiber nahm die Hand mit dem Messer zurück. Er ließ die Klinge in seiner Tasche verschwinden und griff dafür nach Janes Arm. Hart packte er zu.

»Komm mit!«

Widerstandslos ließ sich die Detektivin zum Wagen

ziehen. Auch die Passanten bemerkten nicht, was hier geschah. Sie befanden sich in einer anderen Welt, und die wenigsten wußten etwas von einer Überlappung der Dimensionen.

Das Blut rann über Janes Gesicht und ließ es zu einer Maske des Schreckens werden. Ihre Füße folgten automatisch dem Zug, denn Gordon Schreiber zog sie voran, und am Wagen nahm Wikka beide in Empfang. Sie löste ihre Hand vom Türholm, streckte den Arm aus und spreizte die Finger.

Damit fuhr sie durch Janes blutüberstömtes Gesicht.

Das Blut verschwand.

Da war wirklich Zauberei und Schwarze Magie im Spiel. Wikka hatte ihre Hexenkünste unter Beweis gestellt. Völlig normal sah Jane Collins aus.

»Steig ein!« flüsterte Gordon Schreiber.

Jane nickte. Sie mußte sich bücken, um in den flachen Wagen zu gelangen.

Schreiber deckte sie dabei mit seinem breiten Körper, während Wikka nichts tat. Nur einmal blitzte es wieder in ihren Augen für einen Moment auf, und alles war wie früher.

Verkehrslärm, das Hupen der Fahrer, Gedränge auf den Gehsteigen, das Zucken der Leuchtreklame und ein einsamer Dudelsackpfeifer, der vorweihnachtliche Lieder spielte.

Jane Collins saß schon im Fond des Wagens. Sie schien aus einem tiefen Traum zu erwachen, wischte über ihr Gesicht und wurde erst richtig klar, als sie das Schlagen einer Tür hörte.

Sie drehte den Kopf nach links.

Gordon Schreiber grinste sie an. Er saß jetzt neben ihr und hielt sein Messer fest.

Jane Collins fuhr der Schreck durch sämtliche Glieder. Damit hatte sie nicht gerechnet.

»Willkommen bei uns«, höhnte Schreiber. »Ich freue mich wirklich, daß wir unseren kleinen Plausch fortsetzen können. Leider sind wir in der Seelenburg unterbrochen worden, aber nun gehörst du zu uns!«

Jane Collins war völlig durcheinander. Sie schüttelte den Kopf, und es dauerte, bis sie die Worte formulieren und zu einer Frage zusammenstellen konnte. »Wie komme ich hier hinein? Was haben Sie mit mir gemacht?«

»Du gehörst jetzt zu uns, kleine Jane!« erwiderte Gordon Schreiber. »Einmal bist du mir entwischt. Ein zweites Mal wird es nicht mehr passieren, darauf kannst du dich verlassen!«

Harte und deutliche Worte, die Jane genau verstanden und begriffen hatte. Sie hockte auf dem Ledersitz und verkrampfte sich innerlich. Die Hände hatte sie zu Fäusten geballt, dabei stachen die Fingernägel in das Fleisch, sie merkte es nicht einmal.

Nur Schreibers Gesicht sah sie und die beiden dämonisch blickenden Augen.

Jemand klopfte an die Scheibe des Fahrerfensters. Sofort war alles anders. Der Bann verschwand, denn wie auch die anderen, sah Jane Collins ebenfalls das Gesicht des Polizisten. Der Mann stand draußen und machte eine Bewegung, die andeutete, daß die Scheibe nach unten gefahren werden sollte.

Eine Chance?

Jane rechnete nicht damit, daß Wikka gehorchen würde. Sie kam dem Wunsch des Polizisten jedoch nach. Wahrscheinlich wollt sie keinen Ärger haben.

Auch Schreiber hatte mitbekommen, um was es ging und daß sich die Lage dramatisch zuspitzte. Er sah das Aufleuchten in den Augen seiner Geisel und hielt das Messer so, daß die Spitze gegen Janes Hüfte drückte, die Waffe allerdings von dem Polizisten nicht gesehen werden konnte.

»Einen Ton nur, und du bist tot!« hauchte er.

Jane versteifte. Sie spürte sehr wohl die Messerspitze, aber wenn sie jetzt nicht alles auf eine Karte setzte, würde sie nie mehr eine Chance bekommen. Sie schwankte. Sollte sie sich wehren oder sollte sie es sein lassen?

Die Stimme des Polizisten unterbrach ihre Gedanken. »Sie parken falsch, Madam«, sagte der Mann zu der Hexe. »Zudem stehen Sie in einem Halteverbot, das noch für 20 Minuten gilt. Das sind zwei Übertretungen auf einmal. Ich würde vorschlagen, daß ich Ihnen eine Verwarnung und . . .«

»Gar nichts!« zischte Wikka. »Nichts schlägst du mir vor, Bastard!«

Jane Collins ahnte, daß Wikka durchdrehen würde. Und dann war es um das Leben des Polizisten geschehen. Deshalb mußte sie den Mann warnen, wobei sie nicht einmal auf ihr eigenes Leben Rücksicht nahm. Zudem spekulierte sie darauf, daß man sie noch brauchen würde.

»Weg!« schrie Jane, »verschwinden Sie . . .«

Schreiber stach nicht zu. Er schlug. Die geballte Hand donnerte unter Janes Kinn. Der Kopf flog ihr in den Nakken, hieb seitlich gegen das Polster, und Jane sah Sterne vor ihren Augen blitzen.

Bewußtlos wurde sie nicht, aber das Wageninnere verschwamm vor ihren Augen. Schreiber warf sich auf sie. Er preßte seine Hand auf ihren Mund und hinderte sie so daran zu schreien.

Der Polizist aber hatte begriffen. Hier stimmte einiges nicht, und er mußte eingreifen.

Das machte Wikka nicht mit. Abermals spielte sie ihre Fähigkeiten aus. Die beiden Schlangen bildeten sich gedankenschnell, wischten aus dem offenen Fenster und huschten zielgenau auf das Gesicht des Polizisten zu.

In dessen Augen!

Der Mann schrie. Bis zur Hälfte waren die Schlangen verschwunden, nur noch das letzte Ende ihrer zuckenden Körper schaute hervor. Der Bobby wankte zurück.

Er geriet dabei auf die Straße, schrie weiterhin wie am Spieß. Erste Passanten wurden aufmerksam, aber sie hörten die Schreie kaum und bekamen nur den schrecklichen Rest des Dramas mit.

Das Motorengeräusch eines Lastwagens übertönte die Schreie. Der Brummer war schon verdammt nahe. Dessen Fahrer sah den Polizisten zwar noch, er konnte allerdings nicht mehr bremsen.

Voll wurde der Mann erfaßt.

Wie eine Puppe schleuderte ihn die schwere Rammstange hoch, dann fiel er wieder zurück, klatschte auf die Fahrbahn, und da waren plötzlich die gewaltigen Reifen dicht vor seinem Gesicht.

Als der Fahrer endlich bremste und der Lastwagen stand, lebte der Bobby bereits nicht mehr. Zeugen sagten hinterher, sie hätten etwas Grünes durch die Luft wischen und innerhalb eines schwarzen Jaguars verschwinden sehen.

Wikka reagierte sofort. Eine kurze Drehung des Zündschlüssels, der Wagen fuhr ab. Die Oberhexe zeigte den entsetzten Zuschauern einen regelrechten Kavalierstart, behinderte noch zwei andere Wagen und war dann verschwunden.

Jane hatte es nicht geschafft.

Schreiber atmete und lachte auf. »Das hättest du dir so vorgestellt, wie?« höhnte er. »Aber jetzt ist dein Helfer tot, und du bist es so gut wie.«

Jane hörte die Worte wie durch Watte gefiltert. Sie richtete sich auf und tastete dabei ihr Kinn ab. Wo die Faust sie getroffen hatte, schwoll es an.

»Ich hätte dir auch das Messer in den Bauch jagen können«, erklärte Schreiber. »Aber wir brauchen dich noch für unsere Hexenhochzeit.« Wieder lachte er und holte dann einen Spiegel aus der Tasche. Er war rechteckig und nicht sehr groß. »Da, schau hinein!«

Jane nahm den kleinen Spiegel mit zitternden Fingern entgegen. In einer Handlänge Abstand hielt sie ihn vor ihr Gesicht. Zuerst sah sie ihr Kinn. An der Spitze schimmerte es bläulich. Als sie den Spiegel anhob und einen größeren Teil ihres Gesichtes darin sah, konnte sie zuerst nichts Außergewöhnliches finden.

Bis sie die Stirn sah.

Und dort, genau zwischen den Augen, befand sich das Zeichen, das Gordon Schreiber mit seinem Messer in die Haut geritzt hatte.

Es war ein W.

Das Zeichen für Wikka – das Hexenmal!

»Jetzt«, kicherte Gordon Schreiber. »Jetzt bist eine von uns, Jane Collins . . .«

Die Detektivin bekam Angst . . .

*

Judy Gray, so hieß die Freundin von Celia. Und sie sollte angeblich eine Hexe sein.

Wir waren gespannt. Suko und ich spielten mit vertauschten Rollen, denn nicht ich hockte hinter dem Steuer, sondern mein chinesischer Freund und Kollege. Er wollte, daß ich meine Hände schonte. Ich hatte zwar offiziell dagegen protestiert, doch irgendwie war es mir recht. So locker wie sonst wäre ich sicherlich nicht gefahren.

Die Adresse hatten wir uns gemerkt. Die Black Prince Road liegt nahe der Themse. Wir fuhren in Richtung Süden, passierten das große Westminster Hospital und sahen zu, daß wir auf die Lambeth Bridge kamen. Wenn man nach links schaute, war der Tower zu sehen und die

Grünanlagen davor, die Victoria Tower Gardens heißen. Auf der anderen Seite der Themse war der Verkehr nicht schwächer geworden. Hinter der Brücke begann ein Verteiler, und wir bogen in die Lambeth High Street ein, die direkt in die Black Prince Road mündet.

Und genau dort an der Ecke befindet sich das Hauptquartier der Feuerwehr.

Wir hatten es kaum passiert, als wir schon das Heulen vernahmen.

Alarm!

Ich drehte mich um und schaute durch die Heckscheibe. Zwei große Löschwagen verließen soeben die breite Einfahrt und rasten hinter uns her. Allerdings hatten wir soviel Vorsprung, daß wir nicht erst Platz zu machen brauchten.

»Was ist?« fragte Suko, als er von der Seite her in mein Gesicht schaute.

»Ich habe ein ganz dummes Gefühl.«

»Wieso?«

»Daß das Ausrücken der Feuerwehrwagen etwas mit unserem Fall zu tun hat.«

»Mal den Teufel nicht an die Wand.«

»Das brauch ich auch gar nicht. Sieh mal nach vorn!«

Fette Rauchwolken stiegen in den klaren Dezemberhimmel und verdunkelten ihn. Dies geschah auf der linken Seite, und dort wohnte auch Judy Gray.

»Shit!«

Suko fuhr noch schneller. Schon bald mußte er bremsen, denn zahlreiche Menschen hatten sich auf dem gegenüberliegenden Gehsteig versammelt und gafften.

Der Chinese ließ den Bentley ausrollen. Er fuhr ihn dabei dicht an den Straßenrand, denn wir wollten den Feuerwehrwagen nicht im Weg stehen. Als wir ausstiegen, rauschten sie schon heran. Das Jaulen der Sirenen schmerzte in unseren Ohren. Die Männer sprangen vom

Wagen und begannen mit ihrer hektischen, aber wohldurchdachten Tätigkeit. Da wurden Leitern ausgefahren und Schläuche ausgerollt. In der Nähe stand ein Hydrant. Er erhielt einen Anschluß.

Suko und ich schauten auf das Haus. Es war vierstökkig. Niemand von uns wußte, in welcher Etage Judy Gray wohnte, aber es brannte die letzte Wohnung unter dem Dach. Durch die Hitze waren die Scheiben längst geplatzt, und hinter den viereckigen Fensterlöchern sahen wir das Zucken der Flammen, während aus den Öffnungen dicker Rauch hervorquoll.

Wenn sich noch jemand in der Wohnung befand, war da nichts mehr zu retten. Das wußte ich auch, ohne ein Fachmann sein zu müssen. Die übrigen Bewohner des Hauses standen vermischt mit den Neugierigen um uns herum. Neben mir bemerkte ich einen leichenblassen älteren Mann, der aus geröteten Augen an der Hauswand hochblickte.

»Wohnte Miß Gray dort oben?« erkundigte ich mich und erntete auf die Frage ein Nicken. Also doch.

Eine Leiter wurde in die Höhe gefahren. Zwei Feuerwehrmänner standen dicht vor den obersten Sprossen. Ihre Helme glänzten. Einer hielt den dicken Wasserschlauch mit der Düse in der Hand.

Ein Windstoß drückte den aus den Fenstern quellenden Rauch nach unten. Für Sekunden verschwanden die beiden Helfer in den schwarzgrauen Schwaden.

Als die Sicht wieder besser wurde, sahen wir nicht nur die Feuerwehrleute, sondern ein junges Mädchen.

Es kletterte aus dem Fenster.

»Judy Gray!« zischte ich. »Verdammt, was macht sie?«

Auf der Fensterbank blieb sie hocken. Die Zuschauer konnten sie sehen. Sie schien zu warten, bis die Leiter so weit zu ihr hochgefahren war, daß sie auf die Sprossen klettern konnte.

Eine Megaphonstimme durchdrang das Fauchen des Feuers. »Bleiben Sie auf der Fensterbank, Miß. Wir kommen und helfen Ihnen auf die Leiter. Keine Panik, bitte!«

Judy hatte die Stimme gehört und hob ihren Kopf. Ihr braunes Haar flatterte im Wind. Sie klammerte sich am Fensterrahmen fest und warf ab und zu einen Blick in das Zimmer hinein, als würde sie dort jemand erwarten.

Dort tanzten aber nur die Flammen, wie ich annahm. Oder gab es noch einen anderen Grund?

Für den Bruchteil einer Sekunge glaubte ich, eine Gestalt dort zu sehen. Hohe Kapuze, lange Kutte. Allerdings konnte es auch eine Täuschung gewesen sein. Ich hatte viel hinter mir, vielleicht spielten mir die Nerven einen Streich.

Nein, ich hatte mich nicht getäuscht. In der Flammenhölle bewegte sich tatsächlich eine Gestalt. Auch Judy Gray hatte sie gesehen. Sie zuckte zurück, für einen Moment sah es so aus, als wollte sie springen, dann rückte sie nur weiter nach außen und hielt sich fest.

»John!«

Das war Suko, der mich da ansprach, und er sah das gleiche, das auch ich zu Gesicht bekam.

Einen Vermummten. Er tauchte hinter Judy Gray auf, schleuderte beide Arme vor, traf sie in den Rücken, und Judy gelang es nicht mehr, sich festzuhalten.

Sie rutschte ab und fiel.

Ein Schrei begleitete ihren Weg nach unten. Allerdings nicht ausgestoßen von Judy Gray. Dieser Schrei stammte aus zahlreichen Kehlen, und er drang über die Lippen der Gaffer.

Unendlich lang kam mir der Fall des Mädchens vor. Es wirbelte mit Armen und Beinen, erinnerte mich manchmal an die grotesken Figuren eines Fallschirmspringers, und dann hörten wir alle das häßliche Geräusch, das entstand, als der Körper nahe dem Gehsteig auf die Straße klatschte.

Ich schaute nicht direkt hin, sondern warf einen Blick zu den Fenstern hoch.

Der Vermummte war verschwunden.

Suko hatte meinen Blick bemerkt. »Um den Kerl kümmere ich mich!« rief er und verschwand schon.

Ich aber rannte nach vorn.

Leider war ich zu spät gestartet. Um das Mädchen herum standen bereits die Männer der Feuerwehr und die Polizisten.

Kaum hatte ich die Hälfte der Distanz hinter mich gebracht, als abermals ein Schrei aufgellte. Diesmal voller Angst und Entsetzen ausgestoßen.

Das hatte seinen Grund.

Das aus dem vierten Stock gefallene Mädchen stand unverletzt auf und lachte gellend . . .

*

Bill Conolly hatte eine Idee. Und immer wenn ihm so eine Idee durch den Kopf zuckte, verklärte sich sein Gesicht. Er wollte schon abfahren, als er den Zündschlüssel des Porsche losließ, als wäre er glühend heiß.

Celia, das gerettete Mädchen, hatte von Mayfair gesprochen. Und gerade der Name dieses Stadtteils erweckte in dem Reporter gewisse Assoziationen.

Mayfair gehörte zu den Londoner Gebieten, wo nicht die Ärmsten wohnten. Dort standen noch die alten Bürgerhäuser mit den manchmal verspielten Stuckfassaden, Erkern und Vorbauten.

Im Innern hatte man die Räume umgebaut, und manche Zimmer erreichten fast die Größe von Sälen.

In Mayfair wohnten auch die Doyles. Harold Doyle aber war der Mann, der durch seine Redensarten den gesamten Fall erst richtig ins Rollen gebracht hatte. Warum, zum Henker, sollte Bill Conolly Doyle nicht einen Besuch abstatten. Die Adresse hatte er sehr schnell gefunden. Fett stand der Name im Telefonbuch. Die Straße lag zwischen Oxford Street und dem Grosvenor Square.

Das war Bills Ziel.

Bill freute sich jedesmal über den satten Sound des Porsche-Motors. Das war Musik in seinen Ohren, auch wenn er den Wagen innerhalb Londons nicht ausfahren konnte. Zwischen Green und Hyde Park nahm er die unterirdische Straße – »underpass« genannt – und bog dann links ab nach Mayfair hinein.

Augenblicklich war von dem Trubel nichts mehr zu spüren. Ein ruhiger Stadtteil, inmitten der Hektik einer Londoner Einkaufscity. Zu dieser Jahreszeit sahen die alten Platanen und Eichen kahl aus. Man hatte einen ungehinderten Blick auf die Hausfassaden, die zumeist renoviert waren und einen sehr hübschen und gepflegten Eindruck hinterließen, der auch dem Fremden gefiel, wenn er einmal durch diesen Ort fuhr.

Am Grosvenor Square mußte er einmal in die Runde fahren, um in die schmale Seitengasse abbiegen zu können, wo die Doyles ihr Domizil besaßen.

Allerdings nur das städtische. Außerhalb Londons lebte die Familie in einem alten Herrenhaus, das sie einem verarmten Lord abgekauft hatten. Als Makler konnte sich Harold Doyle so etwas eben leisten. Und nun, so besagten Gerüchte, hatte er auch noch vor, in die Politik einzusteigen.

Das Haus der Doyles war das letzte in einer Reihe. Dahinter begann ein kleiner Grünstreifen, der die Bezeichnung Park kaum verdiente. Bill lächelte, als er die alten Laternen sah, die so typisch für London waren. Aus kunstvollem Schmiedeeisen gefertigt, manchmal wie die Arme eines Kandelabers nach beiden Seiten abzweigend und mit kleinen gläsernen Hauben geschmückt.

Neben so einer Laterne stellte Bill den Porsche ab. Er mußte ein paar Schritte zurückgehen, einen kleinen Vorgarten durchqueren und sah das Schild an der Hauswand, das im blassen Schein der Wintersonne glänzte und den Namen des hier ansässigen Besitzers aufwies.

Vor dem Haus blieb Bill stehen. Das alte Gebäude machte einen sehr ordentlichen Eindruck. Die Fensterscheiben blitzten. Sie waren ebenso sauber wie die Gardinen.

Es gab auch eine Klingel. Sie saß fest im Mauerwerk, und Bill drückte sie.

Ein Gong, der durch das Haus schwang. Ihm folgte die weibliche Stimme aus den Lautsprecherrillen.

»Sie wünschen bitte?«

»Den Chef.«

»Sorry, Sir. Da müßten Sie sich anmelden. Darf ich Ihren Namen erfahren?«

»Bill Conolly.«

»Aha.« Die Frau tat so, als würde sie Bill kennen. »Wir könnten dann einen Termin vereinbaren. Warten Sie, ich drücke auf.«

Bill hatte schon eine abschlägige Antwort auf den Lippen, als er den Vorschlag trotzdem annahm. So kam er wenigstens ins Haus und brauchte nicht an der Tür zu verhandeln.

Auch fiel ihm das gläserne Auge auf, das in die Wand montiert war. Doyle ließ seine Besucher durch das Objektiv einer Kamera überwachen. Er war ein Mann der Sicherheit.

Bill betrat einen breiten Flur, der in eine Halle mündete. Auf dem Marmor lagen Teppiche, und in der Halle standen mehrere Kopiergeräte sowie ein großer Schreibtisch, hinter dem eine Frau im mittleren Alter saß und den eintretenden Reporter anlächelte, als sie sich von ihrem Stuhl erhob.

Im Weitergehen sah Bill einige Türen, hinter denen die Büros der Firma lagen, denn gedämpftes Klappern von Schreibmaschinen war zu vernehmen. Ein breite Treppe führte in die erste Etage. Das Mahagoniholz zeigte einen matten Glanz. Ein Teppich bedeckte den Mittelteil der Stufen und lief nach oben wie der breite Körper einer Schlange. An den Wänden zwischen den Bürotüren hingen Bilder, die sicherlich einiges gekostet hatten.

Die Einrichtung sah nicht nur teuer aus, sie war es auch. Der Makler Harold Doyle mußte klotzig viel Geld mit seinen Geschäften verdienen.

Auch das Licht war nicht zu grell und nicht zu schwach. Es zeigte genau die Mittelstärke, die man hier erwarten konnte.

Die Frau lächelte, als sie Bill anschaute. Es war das übliche Kundenlächeln, das die Augen nicht erreichte. Die Blicke glitten auch abschätzend über Bills Kleidung, und als die Frau ihre blaß geschminkten Lippen verzog, da wußte Bill, daß er verloren hatte. Trotzdem blieb die Dame freundlich und stellte sich als Annabell Preston vor.

»Meinen Namen kennen Sie ja«, sagte Bill.

»Natürlich, Mr. Conolly.« Die Frau schaute zu Bill hoch. »Wann kann ich einen Termin mit Mr. Doyle vereinbaren?«

»Sofort.«

»Mr. Conollly.« Jetzt sprach die Frau wie mit einem geisteskranken Kind. »Sie können nicht so einfach hier hereinschneien und einen Termin verlangen. Mr. Doyle ist ein vielbeschäftigter Mann. Das muß alles sorgfältig geprüft werden. Außerdem müßten Sie mir schon Ihr Anliegen vortragen, damit ich entscheiden kann, ob Ihr Fall wichtig für Mr. Doyle ist oder nicht.«

»Toll«, erwiderte Bill. »Wirklich toll. Sagen Sie mal, Muttchen, wer sind Sie eigentlich?«

Mit Muttchen hatte Bill die Frau beleidigt. Sie bekam

einen knallroten Kopf und schnappte nach Luft. Bill hätte natürlich noch mehr auf den Kopf hauen können, aber es lag ihm einfach nicht, mit dem Geld seiner Frau zu prahlen, denn so etwas öffnet immer alle Türen. Er wollte es allein versuchen.

‚Muttchen' Annabell holte tief Luft. Sie zitterte am gesamten Leib. »Raus!« sagte sie sehr ruhig, dann aber schon wesentlich schärfer. »Raus, gehen Sie, bevor ich mich vergesse.«

»Nein!«

»Dann werde ich Sie hinauswerfen lassen, Sie . . . Sie . . .«

»Pst!« machte Bill, legte seinen Zeigefinger auf die Lippen, und Annabell schwieg tatsächlich. Der Reporter grinste breit und erkundigte sich dann: »Ist Doyle oben?«

Sie nickte.

»Danke«, erwiderte Bill Conolly freundlich und schritt an dem Schreibtisch des Flurdrachens vorbei. Er hatte mit einem Fuß die unterste Stufe berührt, als er hinter sich ein Geräusch hörte, als zerplatze ein Ballon.

Bill drehte sich um.

Annabell stand dort mit hochrotem Kopf und funkelnden Augen. Sie wußte nicht mehr, was sie überhaupt sagen sollte, aber sie öffnete den Mund, um zu schreien.

Das wäre nicht gut gewesen.

Es kam nicht dazu, Bill hatte sich umsonst Sorgen gemacht, denn Schritte auf der Treppe ließen ihn aufhorchen. Er drehte den Kopf, schaute die breiten, teppichbelegten Stufenreihen hoch und sah Harold Doyle herunterkommen.

»Sir! Also Sir . . .«. würgte die gute Annabell und konnte nicht fassen, daß Doyle plötzlich die Hand ausstreckte und Bill Conolly begrüßte.

»Hallo, Bill. Was machen Sie denn hier? Welcher Wind hat Sie zu mir getrieben?«

»Der richtige.«

»Das wollen wir hoffen. Kommen Sie, wir gehen nach oben. Da können wir uns besser unterhalten.«

»Das ist nicht nötig, Harold. Wissen Sie, lange möchte ich nicht bleiben, wenn wir uns hier hinsetzen könnten, wäre mir das auch recht. Wirklich . . .« Bill lächelte.

»Ganz wie Sie wünschen, Bill.« Gemeinsam schritten die beiden Männer auf eine kleine Sitzgruppe aus hellem Leder zu, und die gute Annabell verstand die Welt nicht mehr. Daß sich ihr heimlich geliebter Chef mit so einem abgab, also nein, wirklich nicht.

»Annabell, bringen Sie uns mal einen kräftigen Schluck zu trinken!« rief der Makler.

»Ja . . . ja, Sir.«

Doyle grinste dem Reporter zu. Er war ein Typ, den man schlecht einschätzen und katalogisieren konnte. Er gab sich jovial, und vom Aussehen her erinnerte er an den gemütlichen, leicht übergewichtigen Nachbar von nebenan. Sein Gesicht war rund, Haare wuchsen nur noch spärlich auf seinem Kopf, und der graue Anzug wurde durch die dunkelrote Fliege am Kragen farblich aufgewertet. Schwer ließ er sich in den Sessel fallen und wartete, bis Annabell den Whisky gebracht hatte. Er funkelte in geschliffenen Kristallgläsern.

Die Frau bedachte Bill mit keinem Blick, als sie wieder zu ihrem Schreibtisch schritt und sich dort niederließ.

Der Makler hob das Glas. »Cheerio, Bill, wir haben uns ja lange nicht mehr gesehen. Was macht Ihre Frau?«

Bill hatte einen kleinen Schluck getrunken, nickte anerkennend, stellte das Glas weg und lächelte. »Ich kann nicht klagen, wirklich nicht. Wir sind zufrieden.«

»Das freut mich.«

»Sie nicht?«

»Na ja . . .«

»Ärger?«

Der Makler winkte ab. »Sie wissen ja, Mr. Conolly, sorry, Bill, jeder hat seine kleinen Probleme. Die schlechte Lage, Inflation, Zersplitterung der Parteien . . .«

». . . und die Hexen«, vollendete Bill, obwohl er sicher war, daß Doyle dies sicherlich nicht hatte sagen wollen.

Ein wenig zogen sich seine Augen zusammen, als er fragte: »Wie kommen Sie darauf?«

»Erinnern Sie sich an unser letztes Gespräch auf der kleinen Party?«

»Helfen Sie mir mal auf die Sprünge.«

Bill hatte sogar noch das Datum im Kopf und nannte es dem Makler. Der legte einen ausgestreckten Zeigefinger gegen die Wange und nickte. »Ja, selbstverständlich, ich erinnere mich wieder. Wir haben das Thema damals angeschnitten. Es lag auch in der Luft.«

»Wieso?«

»Denken Sie doch mal an die Publikationen, die jetzt auf dem Markt zu kaufen sind. Da erscheinen Bücher über Weissagungen des Mittelalters, da wird die Astrologie in den Himmel gehoben, wenn ich das mal so sagen darf, und die Menschen wenden sich mit großem Interesse den alten Geheimwissenschaften zu. Es ist doch ganz natürlich, daß so etwas auch zu einem Partygespräch werden kann.«

»Allgemein ja«, gab Bill seinem Gegenüber recht. »Aber wir sind damals ziemlich konkret geworden.«

»Das müssen Sie mir erklären, Bill.«

»Sie waren doch dafür, daß man die Hexen ausrottet. Sie wollten sie sogar auf einen Scheiterhaufen stellen und sie verbrennen, denn Sie haben mir und den anderen gesagt, daß diese Hexen tatsächlich existieren und daß sie keine Einbildung sind.«

»Das habe ich gesagt?«

»Ja.«

»Und?«

»Inzwischen ist dies eingetreten. Es sollte eine Hexe verbrannt werden. Oder eine angebliche Hexe. Der erste Scheiterhaufen hat bereits gebrannt, Doyle. Und in ihm steckte ein Pfahl, an dem ein unschuldiges Mädchen festgebunden war. Wenn meine Freunde und ich nicht im letzten Moment hinzugekommen wären, dann hätte das Mädchen keine Chance mehr gehabt.«

»Das ist passiert?« fragte Harold Doyle erstaunt, wobei er sein Whiskyglas zwischen den Fingern drehte.

»Genau so, wie ich es Ihnen geschildert habe.«

Doyle nickte. »Sicherlich haben Sie recht, Bill. Es ist auch sehr interessant, was Sie mir da erzählen, nur was habe ich mit der ganzen Sache zu tun?«

»Das will ich Ihnen sagen. Ich habe Sie, Harold Doyle, in Verdacht, der Initiator dieser Verbrechen zu sein.«

»Sie meinen, daß ich die Verbrennung befohlen habe?«

»So ist es!«

Doyle lehnte sich zurück und verengte seine Augen. Sie wurden zu schmalen Sicheln, und Bill sah trotzdem das Funkeln der Pupillen. »Diese Anschuldigungen sind ungeheuer, Bill, wenn Sie verstehen, was ich damit meine.«

»Natürlich, und ich nehme Sie auch nicht zurück.«

»Können Sie das beweisen? Haben Sie mich gesehen?«

»Ja und nein.«

»Das verstehe ich nicht.«

Bill beugte sich vor und zischte: »Die Leute, die das Mädchen auf den Scheiterhaufen gestellt haben, waren vermummt. Aber ich habe sie sprechen gehört, erkannte ihre Stimmen, und einer der Männer redete so wie Sie, Doyle.«

»Das ist absurd.«

»Für Sie vielleicht. Für mich nicht. Ich weiß, weshalb Sie die Hexen hassen. Ihre eigene Frau gehört selbst zu einem Hexenclub. Samatha Doyle, eine Lady der Londoner Gesellschaft, die das Leben irgendwie leid war, hat sich mit Schwarzer Magie beschäftigt und sich dem Teufel zugewendet. Sie haben Ihre Frau verloren, Doyle, und das können Sie nicht überwinden. So denke ich über das Motiv.«

»Meine Frau ist hier«, erwiderte Doyle hart. Er stellte das Whiskyglas auf den Tisch. »Was Sie mir vorwerfen, Conolly, sind ärgste Beleidigungen, und ich überlege schon, ob ich Sie nicht der Polizei übergeben soll.«

»Lächerlich.«

»Nein, das ist nicht lächerlich, es ist die Wahrheit.« Doyle atmete aus. »Wollen Sie Samatha sehen?«

Bill überlegte. Vielleicht befand er sich wirklich auf dem falschen Dampfer und hatte sich da in etwas hineingerannt. Daß Doyle hinter der Hexenverbrennung steckte, konnte er nicht beweisen, er hatte die Männer nur maskiert gesehen. Zudem durfte er dem Partygespräch auch nicht zuviel Gewicht beimessen. Auf Feten dieser Art sagte man viel, das nicht auf die Goldwaage gelegt werden sollte. Und wenn Doyle seine Unschuld beweisen wollte, warum nicht? Bill war der letzte, der dazu nein sagen würde.

»Was ist, Bill?«

»Gut.« Der Reporter nickte. »Gehen wir zu Ihrer Frau.«

Doyle trank sein Glas leer. »So gefallen Sie mir schon besser, Bill. Es wird alles zu Ihrer Zufriedenheit enden, das können Sie mir glauben.« Der Makler erhob sich. »Wenn ich Sie jetzt bitten dürfte, mein Lieber.«

Auch Bill stand auf.

Doyle ging noch zu seiner Sekretärin und bat darum, nicht gestört zu werden. »Ich habe mit Mr. Conolly etwas Wichtiges zu besprechen. Wie lang es dauern wird, kann ich Ihnen nicht sagen.«

»Es ist gut, Sir.«

Bill rechnete damit, daß sie nach oben gehen würden, war deshalb überrascht, als sie auf die Tür eines Aufzugs zuschritten, hinter der Bill ein Büro vermutet hätte. Die Knopfleiste war in ein Mahagoni-Paneel eingelassen.

Lautlos schoben sich die beiden Türhälften zurück, als der Aufzug stoppte. Bill betrat die Kabine und schaute in einen Spiegel. Es gab sogar eine gepolsterte Sitzbank.

Doyle folgte dem Reporter. Er lächelte und drückte einen Knopf. »Ich bin froh darüber, daß ich Ihnen den gegenteiligen Beweis erbringen kann, Bill.«

Abwärts.

Wieder wurde der Reporter überrascht. »Wir fahren in den Keller?«

»Ja, ich habe dort eine perfekt eingerichtete Wohnung. Zudem noch eine oben. Meine Frau hat ein neues Hobby entdeckt. Sie beschäftigt sich mit den Vorfahren unserer Kulturvölker, und ich habe ihr eine kleine Bibliothek im Keller eingerichtet, weil in den oberen Räumen des Hauses kein Platz dafür war.«

»Aha.«

Der Fahrstuhl hatte gehalten. Wieder glitten die beiden Türhälften auf.

Gedämpftes Licht. Ein Gang, den man wahrhaftig nicht in einem Keller vermutet hätte. Japanische Grastapete an den Wänden, Graphiken moderner Künstler, dicke Teppiche auf dem Boden. Alles sah sehr gediegen aus.

Doyle ging vor. Er schritt vom Fahrstuhl aus gesehen nach rechts den Gang hinunter und blieb vor einer Holztür stehen. Sie war offen, denn Doyle drückte nur die Klinke nach unten und zog eine Türhälfte in seine Richtung.

»Bitte sehr.«

Er ließ Bill Conolly den Vortritt. Der Reporter, ansonsten sehr mißtrauisch und wachsam, hatte sich tatsächlich einlullen lassen. Er ging an Doyle vorbei, und erst auf der Schwelle wurde ihm der Fehler bewußt. »Nein, Doyle, gehen Sie . . .«

»Weiter!«

Hart und zischend war das Wort ausgestoßen worden, und Bill spürte plötzlich den Druck in seinem Rücken. Der Reporter besaß seine Erfahrungen. Nicht zum erstenmal in seinem Leben wurde er mit einer Waffe bedroht. Und was er dort im Rücken spürte, war der Druck einer Mündung.

Reingefallen!

»Na los, geh!«

Bill schritt vor. Er hatte mit vielem gerechnet, aber nicht mit dem, was er sah.

Der Reporter betrat eine andere Welt. War der Gang als elegant und gediegen zu bezeichnen, so erinnerte ihn der vor ihm liegende Kellerraum an das Gegenteil.

Kalt, nüchtern.

Kein elektrisches Licht, dafür blakende Petroleumlampen, die auf kleinen Ständern standen. Sie reihten sich um einen Pfahl, der in der Mitte des kahlen Kellerraumes fest im Boden verankert war.

Es war der gleiche, wie Bill ihn schon einmal auf dem Müllplatz gesehen hatte.

Und auch hier war er nicht leer.

Man hatte eine Frau an ihn gebunden.

In seinem Rücken hörte Bill das Lachen. »Sie wollten doch die liebe Samatha sehen. Da, Conolly, schauen Sie sich das Weib genau an. Denn bald wird es brennen . . .«

*

Also doch eine Hexe!

Dieser Gedanke schoß mir durch den Kopf, als ich weiter vorlief. Kein normaler Mensch hätte sich nach so einem Sturz erheben können, das war nur möglich, wenn die Person ein Dämon war oder mit dem Teufel im Bunde stand.

Und Hexen buhlen den Satan an!

Die Neugierigen, die einen Ring um das Mädchen gebildet hatten, begriffen zuerst nicht. Sie zogen den Kreis noch enger, preßten sich dicht aneinander, so daß ich nicht durchkam und meine Arme und Fäuste einsetzen mußte.

Dann ging es Schlag auf Schlag.

Zuerst schrie eine Frau. »Neiiinnn! Die ist doch tot!« Sie wandte sich um, drosch die neben ihr Stehenden kurzerhand zur Seite, so daß zwei zu Boden fielen und verschaffte sich so freie Bahn.

Auch die anderen hatten den Schrei vernommen und waren angesteckt worden. So makaber und unwirklich dieses Phänomen auch war, die Angst wurde bei den Leuten stärker als die Sensationsgier. Sie ergriffen die Flucht.

Im Nu sah ich mich eingekeilt von fliehenden Passanten. Sie wollten zurück, ich vor. Es gab ein Gedränge, aus dem ich mich wirklich nur mit reiner Körperkraft befreien konnte, um endlich einen ungehinderten Blick auf das Mädchen zu haben.

Sie stand schon!

Aber wie sah sie aus.

Himmel, ich mußte zweimal schlucken, denn der Anblick traf mich hart, und auch die Feuerwehrleute zogen sich zurück, obwohl sie ja einiges gewohnt waren.

Das Wort vom Geisterspuk machte seine Runde. Damit lagen die Kollegen gar nicht mal so falsch, denn was sich hier abspielte, das war wirklich ein Spuk.

Die Hexe stand vor mir, und wir fixierten uns. Ihre Haare hatten sich hochgestellt. Jedes Haar auf dem Kopf war aufgerichtet, so daß die Pracht wie eine wilde Borste wirkte. Sie hatte sich beim Fall aus dem Fenster einiges gebrochen. Der rechte Arm hing schief, eine Schulter war eingesackt, das Gesicht zum Teil aufgeschlagen. An einigen Stellen gab es überhaupt keine Haut mehr, die Nase konnte man nur noch als Klumpen bezeichnen, und aus den Wunden sickerte das hellrote Blut, das allerdings einen grünlichen Schimmer aufwies, wenn mich nicht alles täuschte.

»Gehen Sie weg!« rief einer der Feuerwehrleute und meinte mich damit. »Sie stürzen sich ins Unglück!«

Ich schüttelte den Kopf. »Nein, Mister, verschwinden Sie!«

Irgendwie mußten die Männer gespürt haben, daß ich mich von meinem Vorhaben nicht abbringen ließ, denn sie sagten nichts mehr, zogen sich zurück und beobachteten aus sicherer Entfernung.

Die Hexe sah nur mich. Sie streckte ihre Arme aus und spreizte zehn Finger. »Du!« kreischte sie mir entgegen, daß es in meinen Ohren gellte. »Du willst mich aufhalten, du Narr?«

Ich erwiderte nichts, sondern ging einen halben Schritt zurück und holte mein geweihtes Silberkreuz hervor.

Hexen stehen mit dem Teufel im Bunde. Vor geweihten Insignien der Kirche hatten sie eine panische Angst. Sie haßten alles, was damit zusammenhing.

Während zwei Feuerwehrmänner auf der ausgefahrenen Leiter standen und aus den Schläuchen helle Wasserfontänen in die Flammen spritzten, so daß der weiße Dampf aus den Fensteröffnungen quoll und sich an der Hauswand ausbreitete, hielt ich der Hexe mein Kreuz entgegen.

Sie erstarrte.

Ihren Augen war nichts passiert. Die Pupillen erinnerten mich an zwei unheimliche, schwarz angestrichene Kugeln, mit denen mich die Hexe anschaute.

Panik flackerte plötzlich in den Pupillen. Angst vor dem geweihten Kreuz!

»Nun?« fragte ich und ging langsam näher. Jetzt streckte ich meinen rechten Arm aus. Die Faust hielt das Kreuz umklammert. Der größte Teil schaute daraus hervor, und das geweihte Silber schien die Hexe zu bannen, denn im ersten Moment sagte sie nichts.

Der Feuerhölle war sie entkommen, dem Kreuz würde sie nichts entgegenzusetzen haben.

Das wußte sie. Und deshalb diese Furcht.

Sie ging zurück. »Weg!« flüsterte sie. »Geh weg!« Die letzten beiden Worte schrie sie. Es war ein wildes Kreischen, das mich schon fast an das eines Tieres erinnerte.

»Du wirst deinem Herrn und Meister, dem Satan, den Tribut zollen«, erwiderte ich mit dumpfer Stimme. »Nicht umsonst hast du dem Teufel ewige Treue geschworen. Aber für Hexen ist kein Platz auf dieser Erde. Sie werden getötet. Wer und wie hat man dich zur Hexe gemacht, Judy Gray?«

»Der Teufel!« hechelte sie. »Mein Bräutigam, der Teufel. Ich habe die Hexenweihe empfangen, ich habe durch ihn die großen Zauberkräfte bekommen, und Wikka hat mich unter ihre Fittiche genommen.«

»Wo ist Wikka?«

»Nicht hier, Fremder mit dem Kreuz. Aber sie wird mir helfen. Sie wird kommen und alles an sich reißen, darauf kannst du dich verlassen. Du hast keine Chance. Niemals wirst du eine Chance haben. Wikka und der Satan sind mächtig. Auch dein Kreuz werden die anderen vernichten. In der Hölle wird es zerschmolzen!«

Während dieser haßerfüllt ausgestoßenen Worte war sie bis zur Hauswand zurückgewichen, stieß mit dem Rücken dagegen, blieb auch in der Haltung und lief parallel zur Wand entlang. Ich wußte auch, wohin sie wollte.

Zum Eingang!

Wieder hinein in das Haus, das bestimmt mehrere Ausgänge besaß.

Eine Flucht durfte ihr nicht gelingen.

Ich sprang vor.

Und dann hatte ich Pech. Durch die Löscharbeiten war nicht nur Wasser in das Haus hineingespritzt worden, sondern auch an der Hauswand entlang. Es war nicht verdampft, sondern zu Boden gelaufen und hatte auf dem Bürgersteig Pfützen gebildet.

In einer dieser Pfützen stand ich und rutschte aus, als ich starten wollte.

Ich fiel nicht hin, sondern konnte mich durch eine geschickte Körperdrehung fangen, aber durch diesen kleinen Zeitverlust bekam die Hexe einen Vorsprung. Mir blieb nicht einmal Zeit, meine Beretta zu ziehen, um zu versuchen, sie mit einem gezielten Schuß zu stoppen. Zudem drehte sie mir den Rücken zu, und irgendwie habe ich Hemmungen, jemand in den Rücken zu schießen. Sogar bei einem Dämon. Jeder kann eben nicht aus seiner Haut.

Sie wischte wie ein Schemen in den Hauseingang. Einen Herzschlag später war sie schon nicht mehr zu sehen, auch wenn ich vor dem Eingang gestanden hätte, denn Rauch und Qualm hüllten sie ein wie dicke Wolken.

»Da! Da ist sie rein!« brüllte jemand. »Los, Mister, laufen Sie doch hinterher. Machen Sie sie fertig!«

Ich nahm die Rufe nur mit einem Ohr wahr. Mit einem Satz sprang ich über die Schwelle.

Weit stand die Haustür offen. Auch in den oberen Etagen waren Fenster geöffnet. Dadurch entstand Zugluft, die den Rauch und den Qualm durcheinanderwirbelte und zu tanzenden Figuren formte, die durch den Hausflur und über die Treppe krochen.

Ich blieb stehen. Schon wieder wurde ich mit Rauch, Feuer und Qualm konfrontiert. Allmählich hatte ich davon die Nase voll. Es war wie immer im Leben. Wenn etwas kam, dann direkt knüppeldick. Wie jetzt bei mir.

Von irgendwo tropfte und rann Wasser nach unten. Es hatte sich seinen Weg gebahnt und klatschte mir auf Kopf und Schultern. Als wieder ein Windstoß in das Haus fuhr und den Qualm zur Seite riß, erkannte ich vor mir die nach oben führende Treppe. Sie hatte zum Glück kein Feuer gefangen, denn sie bestand aus Stein. Nur das Geländer war aus Holz. Zum Glück brannte es nicht.

Es war auch nicht so, daß dieses Haus in Flammen gestanden hätte, sondern nur eben die Wohnung im letzten Stock. Während ich die Stufen hochschritt, machte ich mir Gedanken über den Brandstifter. Ich hatte einen Vermummten gesehen und hoffte nur, daß er Suko in die Arme gelaufen war. Dann endlich hätten wir ein Druckmittel gegen die anderen Hexenjäger gehabt.

Auch als ich den ersten Stock erreichte, war die Hexe nicht zu sehen. Ich blieb stehen, denn mir war eingefallen, daß sie sich ja nicht unbedingt im Haus zu verstekken brauchte. Sie hatte bewiesen, daß sie einen Sprung oder Sturz aus großer Höhe überstehen konnte, deshalb war es ein Kinderspiel für sie, an der Rückseite des Hauses aus der ersten oder zweiten Etage zu springen.

Trotz ihrer Knochenbrüche!

Drei Wohnungen hatte ich zur Auswahl. Sie waren von den Mietern verlassen worden. Eine Tür war zugefallen, die anderen beiden standen offen, so daß ich in die Wohnungen eindringen konnte.

Hastig durchsuchte ich sie.

Bei der ersten hatte ich ebenso Pech wie bei der zweiten Wohnung. Ich schaute in die einzelnen Zimmer. Die Menschen hatten alles so liegen- und stehenlassen, als sie den gellenden Feuerruf vernahmen. In einem Raum lief sogar noch der Fernsehapparat. Automatisch schaltete ich ihn aus.

Ich warf einen Blick aus dem Fenster. Hinter dem Haus befand sich ein Garten. Durch eine hohe Mauer war er vom Nachbargrundstück abgetrennt. Diese Mauer bildete an drei Seiten einen schwer zu übersteigenden Wall.

Ich überlegte, ob ich die dritte Wohnungstür aufbrechen sollte, ließ es jedoch bleiben. Die Chancen, daß sich die Hexe dort aufhalten würde, standen 50 zu 50. Ich hoffte sehr, daß sie zu meinen Gunsten fielen.

Die nächste Etage. In langen Sätzen eilte ich die Treppe hoch. Hier war auch der Rauch wieder dichter. Obwohl ich nicht husten wollte, war es einfach nicht zu machen, als mir das Zeug, durch die Nase eingeatmet, in den Rachen drang.

Wieder drei Wohnungen.

Steckte die Hexe hier?

Dann hörte ich den wilden Schrei. Ausgestoßen voller Haß und großer Wut. Der Schrei drang direkt aus der Wohnung, deren Tür nicht zugefallen war und sich direkt vor mir befand.

Endlich ein Erfolg.

Mit dem Fuß trat ich die Tür vollends auf und stürmte in einen Flur mit grauweißer Streifentapete an den Wänden.

Drei Türen standen zur Auswahl. Bevor ich mich für eine entscheiden konnte, sah ich die Hexe. Sie taumelte aus der sich links von mir befindenden. Ihr Bein mußte bei dem Sturz auch etwas abbekommen haben, denn sie knickte immer wieder ein.

»Du willst mich töten?« kreischte sie voller Wut. »Du widerlicher Zwerg, du?«

»Und ob!«

Das war Sukos Stimme.

Ich grinste hart. Nun konnte uns nichts mehr passieren. Jetzt hatten wir die Hexe in der Zange.

»Wenn *er* dich nicht tötet, dann *ich*«, erwiderte ich hart und so laut, daß mich auch mein Partner hören mußte.

Er sagte nichts, aber die Hexe handelte. Bisher hatte sie mir den Rücken zugedreht, nun aber fuhr sie herum, riß beide Arme hoch und spreizte wieder einmal die Finger.

Ihr Gesicht verzerrte sich noch mehr, denn nun schaute sie auf das Kreuz. Direkt sah sie es an, duckte sich, und es kam mir vor, als würde sie einen Buckel machen, wie diese alten Figuren aus den Märchen.

Suko erschien in der Türöffnung. Er hielt die Dämonenpeitsche in der Hand und auch die Beretta. »Sie ist mir genau vor die Mündung gelaufen«, erklärte er.

»Das war gut.«

Die Hexe konnte nicht mehr weiter. Den Weg zur Tür versperrte ich mit meinem Kreuz. Hinter ihr aber befand sich die Mauer. Da konnte sie nun mal nicht durch, dafür preßte sie sich hart mit dem Rücken dagegen.

»Was ist mit dem Vermummten?« fragte ich.

»Verschwunden. Ich bin zu spät gekommen.«

»Dafür haben wir sie jetzt.«

»Nichts!« schrie die Hexe. »Nichts werdet ihr aus mir herausbekommen. Wikka hat mich geweiht. Sie wird mir helfen. Glaubt mir, ihr verdammten Bastarde!«

Sie schimpfte und kreischte. Grüner Schaum erschien vor ihren Lippen. Dabei schüttelte sie den Kopf, so daß ihre Haare flogen, und in den Augen irrlichterte der Haß.

»Wikka wird dir nicht helfen können«, erwiderte ich und ging auf sie zu. »Sie ist nicht hier, aber du bist hier, und deshalb werden wir uns an dich halten!«

»Nichts sage ich, nichts!«

»O doch, Judy, du wirst uns alles verraten, was wir wissen wollen!« Meine Stimme klang flüsternd, aber dennoch scharf. Vor der Hexe ging ich in die Knie, streckte den Arm aus und führte das Kreuz bis nahe an ihr Gesicht.

Suko stand weiterhin in der Türöffnung und beobachtete uns.

Judy Gray schien noch mehr zusammenkriechen zu wollen. Aber sie schaffte es nicht. Wie eine kleine Katze, die man in die Enge getrieben hatte, blieb sie hocken.

Und sie starrte auf mein Kreuz. Dieses Symbol des Guten war schon seit langen Zeiten der Todfeind des Satans und seiner direkten Diener. Das wußte die Hexe, das spürte sie. Wenn ich mit dem Kreuz noch näher herankam, bedeutete das für sie das Ende. Dies wußte sie auch, als sie mir ihr Profil zuwandte.

»Nimm es weg!« flüsterte sie. »Verdammt, nimm es weg!«

Ich dachte gar nicht daran. »Erst will ich wissen, wo sich Wikka befindet.«

»Nein.«

»Dann wirst du im Zeichen meines Silberkreuzes sterben und dich in Rauch auflösen.«

»Wikka ist stark!« hörten wir sie flüstern. »Sie ist sogar sehr stark. Ihre Schlangen haben mich gebissen und mein Blut in das einer Hexe verwandelt.«

»Rede!« Ich sah, wie sie zuckte.

»Nein!« knurrte sie. »Ich kann nicht reden. Ich stehe unter Wikkas Schutz, sie wird mir helfen. Sie befindet sich hier in London. Keiner kann ihr entkommen. Die Hochzeit wird vollbracht. In der nächsten Nacht ist es soweit. Vor dem Schrein des Teufels werden sie in Satans Namen getraut. Sie und Schreiber. Ich muß hin zur Hochzeit. Ich muß . . .«

Sie hatte sich so in Erregung gesprochen, daß sie nicht mehr an das Kreuz dachte. Nach ihrem letzten Wort warf sie sich herum, vollführte dabei eine unbedachte Bewegung und berührte das Kreuz.

Es war nur ein kurzes Antippen, ich wollte es auch noch nicht und versuchte, die Hand wegzuziehen.

Erfolglos. Diese geringe Berührung besaß eine mörderische Folge. Damit hatte selbst ich nicht gerechnet. Die Hexe warf ihren Arm hoch, schlug damit um sich, traf die Wand und brüllte wie am Spieß steckend. Plötzlich war ihre Hand schwarz, und diese Schwärze breitete sich gedankenschnell aus. Sie zog über den Arm, erfaßte die Schultern und hatte im Nu das Gesicht erreicht.

Ich sprang hoch. Auch Suko trat einen Schritt zur Seite, denn die sterbende Hexe gebärdete sich wie eine Furie. Sie brüllte, stöhnte, spie grünen Schleim und torkelte auf die Wohnungstür zu. Diese erreichte sie jedoch nicht. Dicht davor bekam sie das Übergewicht, kippte auf die Tür zu und prallte dagegen.

Sie erzitterte im Rahmen. Noch einmal warf das Mädchen beide Arme in die Höhe, hieb ihre Hände gegen das Holz und versuchte, sich mit den Fingernägeln festzuhalten.

Das gelang ihr nicht. Sie verlor den Halt, brach zusammen und fiel zu Boden. Dort blieb sie liegen.

Tot, verbrannt. Die schwarze Haut glänzte, als hätte jemand Öl darüber gerieben.

Wir blieben neben Judy stehen. Weder Suko noch ich sprachen ein Wort. Beide waren wir über den Tod des jungen Mädchens entsetzt, aber wir hatten nichts machen können. Es war ihre Schuld gewesen und natürlich die der Oberhexe Wikka.

»Ich werde dafür sorgen, daß man sie abtransportiert«, sagte ich leise.

Der Chinese nickte und holte tief Luft. »Wikka muß verdammt mächtig sein, wenn ich mir das so ansehe. Und sie will in dieser Nacht heiraten. Wen?«

»Keine Ahnung, aber wir werden alles daransetzen, um die Hochzeit zu verhindern.«

»Wobei der Teufel Trauzeuge ist.«

»Genau.«

Ich schob die Tote ein wenig zur Seite und öffnete die Tür, weil ich aus dem Hausflur Stimmen vernommen hatte. Der Rauch war nicht mehr so dicht wie bei meinem Eintritt. Nur noch in dünnen Schwaden lag er über den Treppenstufen.

Schritte polterten die Treppe hoch. Vier Feuerwehrmänner hielten Äxte und Brechstangen bereit. Wahrscheinlich wollten sie uns raushauen.

Ich winkte ab. »Es ist gelaufen, Freunde. Ihr könnt das Haus wieder verlassen.«

»Und die Frau?«

»Sie ist tot.«

Der Feuerwehrmann wurde blaß. »Haben Sie die vielleicht . . .«

»Ja, wir haben sie getötet. Es ging nicht anders. Und bevor sie uns als Mörder verdächtigen, möchte ich Ihnen sagen, daß wir Yard-Beamte sind. Klar?«

»Natürlich, Sir.«

Sie machten Platz, so daß wir vorbeigehen konnten. Ich war froh, als ich vor dem Haus stand. Dort hatte sich die Anzahl der Gaffer vervielfältigt. Auch die Polizei war eingetroffen. Ich kannte die meisten Beamten und wies sie an, daß die Mordkommission kommen sollte.

»Natürlich, Sir.«

Wir gingen zum Bentley. »Hast du schon einen Plan?« fragte der Chinese mich.

»Einen halben«, gab ich ehrlich zu und öffnete die Wagentür. »Wir werden ins Büro fahren, und dann möchte ich mich mit Bill Conolly in Verbindung setzen. Wer weiß, vielleicht hat er mehr Glück gehabt als wir.«

»Das kann man nur hoffen«, erwiderte Suko und schlug den Wagenschlag zu.

*

»Das ist sie!« hörte Bill Conolly die Stimme des Maklers. »Das ist Samatha, meine liebe Frau.« Spott klang aus seinen Worten, und er kicherte hämisch.

Im nächsten Augenblick, Bill hatte die Überraschung noch nicht überwunden, bekam er einen Schlag in den Nacken. Der Schmerz trieb ihm das Wasser in die Augen, und die Wucht schleuderte ihn nach vorn, in den Raum hinein.

Es war schon ein Wunder, daß der Reporter sich auf den Beinen hielt, er mußte sich allerdings dabei mit beiden Händen auf dem Boden abstützen, um nicht zu fallen.

Als er hinter sich das Knallen der Tür hörte, stemmte er sich wieder hoch.

»So bleib stehen, Bill Conolly!« befahl der Makler. »Und sieh dir meine Frau ruhig an. Ist sie nicht hübsch, so an einen Pfahl gebunden? Satans Kraft steckt in ihr, sonst wäre sie nämlich schon längst gestorben!«

Die Worte des Mannes klirrten vor Haß. Bill tat, was der Makler verlangte. Er schaute die Frau an.

Der Anblick traf ihn bis ins Mark. Bill hatte schon viel Schreckliches gesehen, aber das war verdammt viel.

Die Hexe zeigte Spuren von Mißhandlungen. Ihre Haut war an einigen Stellen verfärbt, manchmal auch geschwärzt, und das Bild erinnerte den Reporter wieder an die Malereien aus dem späten Mittelalter. In zahlreichen Veröffentlichungen konnte man diese Bilder und Holzschnitte betrachten, die in ihrem Realismus auch noch heute überzeugten.

Das schlimmste aber war die Schere, die im Körper der Hexe steckte. Jemand mußte einen rasenden Haß auf die Frau gehabt haben, wahrscheinlich der eigene Ehemann. Und trotz dieser Schere lebte die Hexe. Sie war nicht tot, denn sie konnte nicht sterben, weil sie unter dem Schutz des Teufels stand.

Samatha trug ein dunkelrotes Kleid, das sicherlich einmal teuer gewesen war. Jetzt hing es in Fetzen am Körper herab, es bedeckte kaum noch Hüfte und Beine.

»Na, Bill? Genug gesehen?« höhnte der Makler.

Conolly drehte sich um.

Er schaute in ein spöttisch lächelndes Gesicht und in die Mündung einer Pistole. »Ja, ich habe genug gesehen. Fast schon zuviel, nicht wahr?«

»Richtig, Bill Conolly. Du hast zuviel gesehen, denn du warst zu neugierig. Zudem gehörst du nicht zu uns, das ist ein weiterer Fehler, den wir aber ausbügeln werden.

»Wir?« fragte Bill.

Die Lippen des Maklers verzogen sich zu einem Lächeln. Doyle fühlte sich sehr sicher. »Natürlich wir, oder glaubst du, mein Freund, ich bin allein? Ich habe dich gesehen, wie du mitgeholfen hast, die Hexe zu befreien, das allein war dein Todesurteil. Ebenso holen wir uns die anderen beiden, die dir geholfen haben.«

»Es sind Polizeibeamte.«

»Was macht das schon? Wir werden unseren Plan durchsetzen, das haben wir uns geschworen. Lange genug ist geredet worden. Niemand wollte an die Gefahr der Hexenplage glauben, aber sie existiert, das steht fest. Schau dir das Weib da an.«

»Ich bestreite auch nicht, daß Hexen eine Gefahr bedeuten, und daß es finstere Mächte gibt, die in unser Leben eingreifen, aber es dürfen keine Unschuldigen umkommen. Celia war keine Hexe, das steht fest.«

»Sie hat aber mit ihnen sympathisiert«, erklärte der Anführer der Hexenjäger.

»Nein, auch das nicht.« Bill zuckte zusammen, weil er seinen Kopf zu heftig bewegt hatte. »Sie hat nicht auf ihrer Seite gestanden, denn sie wollte ihre Freundin noch retten, die tatsächlich zu einer Hexe geworden ist. Sie hätten sich besser informieren sollen, Doyle, und nicht einfach wie ein Berserker darauf losschlagen.«

Der Makler hob die Schultern. Zynismus schwang in seiner Stimme mit, als er entgegnete: »Wo gehobelt wird, da fallen auch Späne, mein Lieber. So war es schon immer, so wird es immer sein. Man muß das Ganze sehen und darf sich nicht an Kleinigkeiten aufhalten.«

»Menschenleben sind keine Kleinigkeiten.«

»Das ist Ansichtssache.«

»Tut mir leid«, sagte Bill. »Ich kann Ihrer Philosophie nicht folgen. Ich habe gelernt, ein Menschenleben zu achten. Dabei ist es egal, welcher Hautfarbe oder Religion dieser Mensch angehört. Sie sind vernarrt, Doyle. Machen Sie Schluß mit diesem Zirkus. Besinnen Sie sich wieder. Es ist das beste, was Sie tun können. Noch haben Sie eine Chance.«

»Reden Sie keinen Mist, Conolly!«

»Es ist meine Überzeugung.«

»Dann taugt die eben nichts, zum Teufel.«

»Ja, beim Teufel werden Sie bald sein.«

Der Makler grinste. »Erst nach Ihnen, Conolly, darauf können Sie sich verlassen.«

Mit diesem Menschen war wirklich nicht zu reden, das stellte Bill immer stärker fest. Doyle war in seinem Haß unberechenbar und ging über Leichen. Bill wollte und mußte zusehen, daß er aus diesem Keller kam, sonst war alles zu spät.

Der Mann schien seine Gedanken erraten zu haben, denn er sagte: »Einen Fluchtweg gibt es für Sie nicht, Conolly, denn nicht nur ich bedrohe Sie, sondern auch meine Freunde. Zeigt euch.«

Bill hörte Schritte.

Rechts und links von ihm klangen sie auf. Als er jetzt den Kopf drehte, da sah er sie.

Die Lampen hatten nur die unmittelbare Umgebung

um den Pfahl erleuchtet, nicht aber den Hintergrund dieses geheimnisvollen Folterkellers. Aus ihm lösten sich die beiden Gestalten. Sie trugen noch immer ihre langen, dunkelroten Kutten. Über ihre Gesichter hatten sie die Kapuzen gestülpt, doch in ihren Händen hielten sie kurzläufige UZI-Maschinenpistolen, deren Mündungen von zwei Seiten auf den Reporter wiesen.

»Sie haben keine Chance«, sagte Doyle. »Nicht die geringste. Und niemand wird Sie finden.«

Da lachte Bill auf, so schwer ihm dies in dieser Situation auch fiel. »Wenn Sie sich nur nicht täuschen, Doyle. Die beiden Yard-Beamten wissen genau, daß ich Ihnen einen Besuch abgestattet habe. Wenn ich mich bis zu einem gewissen Zeitpunkt nicht gemeldet habe, räumen sie hier auf.«

Doyle ließ sich nicht aus der Ruhe bringen. »So einfach geht das nicht, Conolly. Ihren Wagen schaffen wir weg, das ist keine Schwierigkeit. Zudem werden ich behaupten, daß Sie nie bei mir eingetroffen sind. Und mein Wort hat Gewicht. Ich bin ein bekannter Mann, der im Rampenlicht der Öffentlichkeit steht, das dürfen Sie niemals vergessen. Auch die Polizei wird sich hüten, so mir nichts dir nichts bei mir das Haus zu durchsuchen. Es gibt keinen Beweis gegen mich.«

Der Reporter sah einen Teil seiner Felle davonschwimmen. Doch er gab nicht auf, er wollte es einfach nicht, denn er spielte seinen letzten Trumpf aus. »Einen Ihrer sauberen Mitstreiter, Doyle, haben wir angeschossen. Und der wird reden, darauf können Sie sich verlassen. Es ist nicht alles nageldicht, was Sie machen.«

»Doch, das ist es. Bevor Peter auch nur ein Wort sagt, wird er die Zyankali-Kapsel zerbeißen, die jeder von uns bei sich trägt. Und zwar versteckt in einem Zahn. Die Uralt-Methode, jedoch noch immer sehr wirksam.« Er lächelte wieder. »Nichts geht mehr für Sie, Conolly, aber auch gar nichts. Sie hätten ihre Nase nicht in unsere Angelegenheiten stecken sollen. Und es wird die Zeit kommen, wo man uns dankbar ist, daß wir mit der Brut aufgeräumt haben. Jeder soll und jeder wird es wissen. In der folgenden Nacht beginnen wir. Dann werden die gefangenen Hexen alle brennen, und wir werden durch dieses feurige Schauspiel die Hexenhochzeit einer Wikka und eines Gordon Schreiber zu verhindern wissen. Das können Sie mir glauben.«

Jemand klopfte an die Tür. Augenblicklich war Doyle still. Auch Bill und die anderen schauten auf.

Dreimal wurde geklopft. Danach war es zwei Sekunden still, bevor es wieder dreimal klopfte.

Ein Zeichen!

»Das ist er«, sagte er den Maskierten.

»Gebt auf ihn acht!« befahl Doyle und drehte sich um. Er schloß die Tür auf.

Augenblicklich taumelte ein Mann über die Schwelle. Er trug einen langen roten Umhang, die Kapuze jedoch hatte er abgerissen, so daß jeder sein schweißnasses Gesicht sehen konnte. Schweratmend lehnte er sich gegen die Wand.

Sofort war Doyle bei ihm, packte ihn am Kragen und schüttelte ihn durch. »Verdammt, rede, was ist geschehen?«

»Es hat nicht geklappt.«

»Lebt die Hexe noch?«

»Weiß ich nicht. Ich war bei ihr.« Er holte schwer Luft. »Ich war bei dieser verdammten Judy Gray. Und sie ist wirklich eine Hexe gewesen, denn als ich die Wohnung aufbrach, da hockte sie auf dem Boden und küßte eine Teufelsmaske. Ich wollte sie überwältigen, aber sie war verflucht stark. Zu stark für mich. Es kam zum Kampf, und ich konnte mir nicht anders helfen, als sie zu verbrennen.«

»Dann hast du sie verbrannt?«

Der dunkelhaarige Mann mit dem bleichen Gesicht schüttelte den Kopf. »Nein, ich habe es nicht direkt geschafft. Die Wohnung ist in Flammen aufgegangen, und wenig später erschien auch schon die Feuerwehr. Die Hexe sprang aus dem vierten Stock. Ich konnte ihr natürlich nicht folgen, wollte aus der Wohnung rennen und es gelang mir, mich soeben noch zu verstecken, denn da lief der Chinese die Stufen hoch. Er war doch auch auf dem Schrottplatz dabei.«

»Da sehen Sie, wie weit Sie kommen!« Bill konnte sich nicht verkneifen, dies zu sagen.

»Halt dein Maul!« schrie Doyle.

Der andere schaute Bill an.

»Das ist ja einer vom Schrottplatz!« knirschte er und riß eine Pistole hervor. »Ich werde dich umlegen, du Hund. Ich . . .«

Er hatte sich so in Rage geredet und war voller Wut, weil er die vergangene Niederlage noch nicht verdaut hatte, daß Bill wirklich um sein Leben fürchtete und die Hände hob.

Doyle fiel dem Mann in den Arm. Mit beiden Händen griff er zu und hebelte das Gelenk des Mannes hoch. »Bist du denn verrückt, diese Schau hier zu machen!«

»Er ist ein Feind!«

»Das weiß ich längst. Er wird auch sterben, aber nicht auf diese Art und Weise.«

Der Kuttenträger ohne Kapuze stand für ein paar Augenblicke steif. Dann atmete er aus. »Okay«, sagte er, »ich laß ihn noch in Ruhe. Aber er wird den Löffel abgeben.«

»Worauf du dich verlassen kannst!« kicherte Doyle und warf seiner Frau gleich darauf einen haßerfüllten Blick zu. »Er war ja so scharf darauf, Samatha zu sehen. Dann soll er mit ihr sterben. Ich habe mir etwas Besonderes ausgedacht, was unsere tolle Fahrt zur Hexenhochzeit noch verschönt.«

Bill fragte nicht, was sie sich ausgedacht hatten. Er wollte es auch jetzt nicht wissen, denn er würde es schon früh genug erfahren. Diese Bande hatte in der Tat etwas vor. Sie wollten eine Hochzeit stören, aber wo fand sie statt?

Bill Conolly ließ die Arme langsam nach unten sinken. Es hatte auch niemand etwas dagegen. Der Makler nickte nur. Dieses Zeichen war für die beiden Kerle mit der Maschinenpistole bestimmt.

Der Reporter bemerkte zwar noch neben sich eine Bewegung, doch reagieren konnte er nicht mehr. Der Hieb mit dem Waffenlauf traf seinen Nacken und löschte das Bewußtsein schlagartig aus.

Harold Doyle lachte bissig. »Das hätten wir«, sagte er.

»Und was hast du nun mit ihm vor?« erkundigte sich einer der MPi-Träger.

»Folgendes«, erwiderte der Makler und setzte den anderen in knappen Worten seinen Plan auseinander . . .

*

Der Schlaf war tief und fest gewesen. Fast wie der einer Toten. Nur erwachte Jane aus ihrem Schlaf. Ein Toter stand im Normalfall nicht mehr auf. Es sei denn, er war ein Zombie.

Nur langsam stieg Jane Collins aus dem tiefen Tal des fast totenähnlichen Schlafes an die Oberfläche. Sie merkte das rhythmische Schaukeln, mit dem ihr Körper gewiegt wurde. Die Augen hielt sie noch geschlossen und glaubte, in ihrem Bett zu liegen.

Bis mit der Verdrängung des Schlafgefühls auch ihre Erinnerung zurückkehrte.

Und die war gar nicht gut.

Sie war in der Stadt gewesen, hatte einen Einkaufsbummel hinter sich, hatte Kaffee getrunken und war plötzlich Gordon Schreiber und einer schwarzhaarigen Hexe begegnet, aus deren seitlichen Kopfpartien zwei grüne Schlangen wuchsen. Sie war in den Wagen, einen schwarzen Jaguar, gestiegen, es hatte eine Auseinandersetzung mit einem Polizisten gegeben, sie waren geflohen, und bevor Jane etwas zu ihrer Befreiung hatte unternehmen können, was sie betäubt worden.

Mit Chloroform.

Und jetzt wußte sie nichts mehr. Sie lag auf dem Rükken, und unter ihr befand sich nicht die Matratze eines Bettes. Nein, so hart schlief sie nicht.

Das war nackter, kalter Boden.

Jane konnte ihren rechten Arm bewegen, auch ihre Beine und freute sich erst einmal, daß man sie nicht gefesselt hatte. Sie tastete und fühlte mit den Fingerspitzen und glaubte, Holz unter der Haut zu spüren. Also lag sie auf Holzbohlen.

Hinzu kam das sanfte Schaukeln. Gleichmäßig hin und her, wie bei einem Schiff.

Himmel, das war es.

Sie lag auf einem Boot. Jetzt war sich die Detektivin sicher. Ihre Feinde hatten sie auf ein Boot geschafft. Allerdings bestimmt nicht auf das Deck, sondern unten im Bauch des Schiffes.

Und sie lag in völliger Dunkelheit da. Das Schiff war sehr gut abgeschottet, denn auch durch die Plankenritzen fiel kein Lichtstrahl in ihr Gefängnis. Oder war es vielleicht noch dunkel?

Jane hob den Arm und schaute auf die Uhr.

Der Schreck durchzuckte ihren Körper.

Mein Gott, es waren 24 Stunden vergangen!

Sie hatte einen Tag und eine Nacht in Bewußtlosigkeit verbracht, denn die Datumsanzeige der Uhr log nicht.

Jetzt wurde ihr doch ein wenig mulmig zumute, und erst jetzt fiel ihr auf, daß sie nicht mehr ihre normale Kleidung trug. Auch merkte sie, daß die Kälte vom Boden her in ihren Körper kroch, und sie setzte sich hastig auf.

Das wollte sie, doch sehr schnell bemerkte Jane, daß es nicht so einfach ging. Jede Bewegung lief langsam ab. Das war ihr schon aufgefallen, als sie auf die Uhr gesehen hatte. Es hatte sie Mühe gekostet, überhaupt den Arm so hoch zu bekommen, und als es dann soweit war, nur mit Verzögerung. Das waren die Folgen dieses verdammten Betäubungsmittels. Jane hatte sie noch längst nicht überwunden, dies merkte sie auch, als sie endlich saß und das leise Rascheln hörte.

Im ersten Augenblick dachte sie an Ratten. Auf einem Schiff gab es ja Ratten, und gerade wenn das Boot irgendwo am Themseufer lag, wie vielleicht hier der Fall, zogen sich fette Wasserratten gern dorthin zurück.

Still blieb sie hocken und lauschte. Das Geräusch wiederholte sich nicht. Erst als sie sich vorbeugte, nahm sie wieder das Rascheln wahr. Da fiel ihr ein Stein vom Herzen, denn nun wußte Jane, woher das Geräusch stammte.

Von ihrem Kleid.

Jemand hatte sie ausgezogen und es ihr übergestreift. Sie wühlte fünf Finger in den Stoff und fühlte die Kühle auf der Haut. Seide. Ja, das war Seide, und der Hersteller hatte mit Stoff nicht gespart, denn als sie das Kleid hochhob, da fiel das Unterteil wie ein großer Mantel über ihren Kopf.

Gleichzeitig merkte sie auch die Kälte auf der Haut und stellte fest, daß sie nackt unter dem Kleid war. Nicht einmal den Slip hatte man ihr gelassen.

Jane Collins erschrak. Sie erinnerte sich wieder an die Seelenburg, als man ihr Blut haben wollte, um den geheimnisvollen Spuk damit zu befriedigen. Damals waren die beiden Hexen und ihre zwei männlichen Partner auch nackt gewesen unter ähnlichen Gewändern wie Jane Collins heute eins trug.

Sie stand auf.

Dabei merkte sie, daß dieses kuttenartige, lange Kleid bis zu ihren Knöcheln fiel. Und auch jetzt spürte sie wieder die Langsamkeit der Bewegungen, als hätte man sie regelrecht eingefroren, so jedenfalls kam es ihr vor.

Ein paar zögernde Schritte, ein leichtes Schwanken, dazu Schwindelgefühl und die Ahnung, als könnte sie schweben. Aber sie schwebte nicht, sondern stand mit beiden Füßen fest auf dem Boden, auch wenn es sich so anfühlte.

Jane breitete die Arme aus und versuchte, das Gleichgewicht zu halten. Trotz der Dunkelheit drehte sich alles vor ihren Augen, sie sah farbige Spiralen rotieren, und dann fiel sie.

Jane merkte nicht einmal, wie sie auf die Planken schlug. Eine weitere Ohnmacht hielt sie umfangen.

Zum zweitenmal wurde sie wach, als etwas schmerzhaft durch ihre geschlossenen Augenlider stach.

»Ach, laßt mich doch«, murmelte sie und wollte sich zur Seite drehen, als sie eine harte Hand auf ihrer Schulter spürte. Die Finger gruben sich tief ihn ihr Fleisch, und ein Laut des Schmerzens drang über ihre Lippen.

»Komm hoch, du Biest!«

. . . Biest . . . Biest . . . das Wort hallte in Janes Schädel nach. Aber auch die Stimme erkannte sie. Allerdings wußte sie nicht, wo sie die hinstecken sollte.

Die Hand wanderte weiter, erfaßte ihren Arm und umklammerte ihn. Ein kräftiger Ruck, und Jane wurde regelrecht in die Höhe geschleudert, wo starke Hände sie hielten.

»Spiele hier nicht die Tote, verdammt! Du kommst noch früh genug ins Grab!«

Jetzt erst öffnete Jane die Augen.

Vor sich sah sie das harte Gesicht mit den jettschwarzen Pupillen. Kein Zweifel, Jane befand sich in der Gewalt von Gordon Schreiber. Und damit wieder in der Realität. Wenn sie den Kopf nach links drehte, sah sie einen Durchgang. Er war ziemlich breit, und aus ihm fiel auch das Licht in ihr Gefängnis.

Schreiber schüttelte sie, und dann schlug er ihr zweimal gegen die Wangen.

Jane schrie auf. Es war ein Stöhnen, doch sie entkam dem Griff des Gordon Schreiber nicht. Eisern hielt er sie fest und zog sie auf den Durchgang zu, hinter dem eine völlig andere Welt lag.

Die Welt des Teufels, der Schwarzen Magie und der Blasphemie!

Zuerst fiel Jane das pechschwarze Kreuz auf, das an der mit blutrotem Stoff bedeckten Wand hing. Man hatte es umgekehrt aufgehängt, so wie es üblich war bei Schwarzen Messen. Auf dem Boden lagen dicke Teppiche, in denen die Füße fast bis zu den Knöcheln einsanken. Diese Teppiche zeigten Muster. Symbole der Schwarzen Magie. Und in allen Kreisen oder Rechtecken herrscht das Gesicht des Teufels vor. Diese dreieckige Visage des Ziegenkopfes mit dem aufgerissenen Maul und den gebleckten, stiftartigen Zähnen.

Ein widerliches Bild, und Jane schüttelte sich. Die Symbole leuchteten in einem blutigen Rot und stachen sehr deutlich vom Schwarz des Teppichs ab.

Das jedoch war nicht die Hauptsache. Auf einem kleinen Tisch, über den ebenfalls ein schwarzes Tuch gedeckt worden war, stand ein Schrank. Er war nicht sehr groß, man konnte ihn an die Wand hängen, doch er besaß zwei Türen.

Und die standen offen.

Jane hatte einen freien Blick in das Innere des Schrankes. Wie schon auf dem Teppich leuchtete auch hier die Fratze des Satans auf dem pechschwarzen Samt der Innenrückwand.

Doch diese Fratze war anders. Sie schien zu leben, denn aus dem Mund drangen kleine Wolken, giftgrüner Brodem, der nach Schwefel und Pestilenz stank.

Das Aroma der Hölle . . .

Auf dem Schrank lag etwas, das vom Licht der schwarzen Kerzen ebenfalls getroffen wurde und blitzende Reflexe schuf.

Ein Messer! Lang und spitz die Klinge. Dazu an beiden Seiten geschliffen. Jane hatte es schon einmal gesehen, als Gordon Schreiber sie damit im Wagen bedrohte.

Das Messer des Teufels, die Blutklinge, durch die sie, Jane, ihr Leben verlieren sollte. Das brauchte sie erst nicht lange herumzuraten, man hatte es ihr deutlich genug zu verstehen gegeben.

Hinter dem Schrank mit dem Teufelsgesicht und dem oben aufliegenden Messer wuchs die Gestalt der Hexe Wikka hoch. Sie stand dort wie eine finstere Göttin und hatte nur Augen für die von Gordon Schreiber hereingeschobene Jane Collins. Die beiden Schlangen wanden sich wieder aus ihren Haaren und richteten sich auf, als sie die Detektivin wahrnahmen.

In dem maskenhaft starren Gesicht der Hexe rührte sich nicht ein Muskel. Stumm und kalt schaute sie Jane Collins entgegen, bis diese einen Schritt vor dem Schrank stehenblieb.

»Da bist du ja«, sagte Wikka.

Jane schwieg. Noch immer fühlte sie sich elend und glaubte, irgendwie einen Traum zu erleben, aus dem sie gleich wieder erwachen würde.

»Rede!«

»Ich . . . ich . . .« Jane verstand ihre eigene Stimme kaum noch.

»Unsere Narkose scheint ihr nicht bekommen zu sein«, bemerkte Gordon Schreiber.

»Das wollen wir doch mal sehen«, erwiderte die Oberhexe und packte das Messer.

Normalerweise wäre Jane zurückgezuckt, doch in diesem Fall schaute sie ins Leere und tat auch nichts, als Wikkas Arm vorschnellte und sie die blanke Klinge gegen den Hals drückte.

Jane spürte sehr wohl die Kälte des Stahls, doch das kümmerte sie nicht. Ihr war vieles gleichgültig geworden. Sie besaß längst nicht mehr die Konzentration wie sonst.

»Du wirst sterben!« zischte Wikka. »Und zwar auf eine Art und Weise, die uralt ist und unsere Hochzeit erst besiegelt. Mit deinem Blut besiegelt. Einmal bist du entkommen, ein zweites Mal wird dies nicht passieren, das kannst du mir glauben.«

Die Detektivin gab keine Antwort. Wikkas Sätze waren an ihr herabgerauscht. Sie kümmerte sich nicht darum. Statt dessen starrte sie in den Kerzenschein, dessen Licht dem Raum die richtige Atmosphäre gab. Dunkel, gespenstisch, geheimnisvoll.

Irgenwie wohnte das Grauen hier. Es hatte sich manifestiert. Als unsichtbarer Geist weilte es zwischen ihnen. Eine Atmosphäre des Bösen, und genau so etwas liebte Wikka und auch Gordon Schreiber. Es schien, als wandere der Schatten des Teufels bereits unsichtbar zwischen ihnen.

Dieser Raum unter Deck hatte mal Fenster oder Bullaugen besessen. Jetzt waren sie zugenagelt worden. Niemand sollte von außen hereinsehen können.

Die Hexe zog das Messer wieder weg. Janes Haut war nicht berührt worden. Aber sie würde es noch, das hatten sich Wikka und Gordon Schreiber vorgenommen.

»Bereite alles vor!« befahl die Hexe mit kalter Stimme.

Schreiber hob die Schultern. »Ich weiß nicht so recht.«

Scharf schaute Wikka ihn an. Sie bewegte dabei die Schultern, und ihr langer Umhang, den sie trug, klaffte auseinander. Deutlich war zu sehen, daß sie darunter nackt war. Sie schüttelte den Kopf und fragte lauernd. »Was soll das heißen?«

»Die anderen hätten längst hier sein müssen.«

Wikka winkte ab. »Noch ist Zeit. Außerdem müssen Sie vorsichtig sein, vergiß das nicht.«

»Sicher, ich mache mir trotzdem Sorgen.«

»Gibt es denn für dich noch einen zweiten Anlaß?«

»Ja.«

Bevor Schreiber weitersprechen konnte, fauchte die Hexe auf, und ihr Gesicht bekam einen Stich ins Grünliche. Das geschah immer, wenn ihr etwas nicht paßte. »Warum hast du mir nichts davon gesagt, Gordon Schreiber?«

»Ich hielt es nicht für wichtig.«

»Aber jetzt, wie?«

»Genau. Es hat sich eben etwas ergeben, was mir nicht gefällt. Ich rief bei Samatha an. Sie hat sich nicht gemeldet. Es ging überhaupt keiner an den Apparat.«

»Das kann viele Gründe haben.«

»Klar. Nur habe ich zwei Stunden später noch einmal telefoniert. Da war sie immer noch nicht zu Hause. Auch Judy Gray meldete sich nicht. Bei den anderen passierte das gleiche. Ich habe das Gefühl, daß jemand eine Schlinge um uns gelegt hat.«

»Und wer sollte das wagen?«

»Zunächst einmal die Hexenjäger.«

Wikka winkte ab. »Das sind Schwachköpfe. Vergiß nie, daß wir unter dem Schutz eines Mächtigen stehen.«

»Daran denke ich auch. Aber da existiert noch dieser Geisterjäger John Sinclair. Ich habe ihn kennengelernt. Ein sehr gefährlicher Mann, kann ich dir sagen.«

»Auch nur ein Mensch.«

»Das stimmt, aber er hat der Hölle schon manche Niederlage bereitet. Selbst gegen Asmodis hat er Kämpfe bestanden. Daran solltest du denken.«

Jetzt grinste die Hexe. »Er weiß doch nichts von uns. Er hat keine Ahnung, was wir hier in London vorhaben. Da kann er forschen so viel er will, nie wird er auf unsere Spur kommen.«

»Vielleicht durch sie.« Schreiber deutete auf Jane Collins.

Der Oberhexe warf der Detektivin einen schnellen Blick zu. »Ist sie in der Lage gewesen, mit ihm zu telefonieren? Wohl kaum, wir hatten sie immer unter Kontrolle. Deshalb verstehe ich nicht, wie du dir große Sorgen machen kannst.«

»Ich bin eben nur vorsichtig.«

Wikka lachte auf und warf dabei ihren Kopf in den Nacken, so daß die schwarzen Haare noch länger den Rücken hinabflossen. »Wie oft soll ich es dir noch sagen, daß du nicht immer wie ein Mensch denken sollst. Durch den Schlangenbiß trägst du den Keim der Hölle in dir, Gordon Schreiber. Du wirst es erleben. Es gibt keine Menschen, die dich besiegen können.«

Schreiber runzelte die Stirn. Wikkas Worte hatten seine Skepsis nicht vertreiben können.

»Sie werden kommen!« flüsterte die Hexe. »Sie müssen kommen. Denn sie sollen erleben, wie durch diese Hochzeit unsere Macht bis fast ins Unermeßliche wächst, so daß wir uns schon bald mit Asmodis, dem Herrn der Hölle, vergleichen können. So muß es sein, und so wird es sein, Gordon Schreiber. Weder John Sinclair noch irgend jemand aus dem Club der Hexenjäger können uns etwas antun. Wir haben die Macht und kein anderer.«

Solche und ähnliche Worte hatten einen Mann wie Gordon Schreiber immer überzeugt. Heute jedoch, an diesem ereignisreichen Tag, war er voller Skepsis und böser Ahnungen.

Seltsam, sehr seltsam . . .

*

Wir fuhren dorthin, wo sich unsere zweite Heimat befand. Zum Yard Building. Ein Fahrstuhl brachte uns hoch zum gemeinsamen Büro. Auf dem Weg dorthin zogen wir uns einen Automatenkaffee. Glenda war nicht mehr da, sie hatte sich einen halben Tag Urlaub genommen, um Weihnachtseinkäufe zu machen. Da wir Freitag hatten, würde sie sich wohl in das dickste Gewühl stürzen müssen.

Als ich mir eine Zigarette anzündete, deutete der Chinese auf das Telefon. »Du wolltest eine gewisse Jane Collins anrufen, John.«

»Das mache ich auch.« Erst nahm ich noch einen Schluck vom dem miesen Kaffee und tippte dann Janes Nummer. Eigentlich rechnete ich damit, daß Jane sich melden würde, doch es hob niemand ab. Allerdings hörte ich ihre Stimme aus dem Anrufbeantworter, und von ihm erfuhr ich, daß Jane einige Tage Urlaub machte.

Ich legte den Hörer auf.

»Was ist?« fragte Suko, der es wohl meinem Gesicht angesehen hatte, daß etwas nicht stimmte.

»Jane macht Urlaub.«

Auch Suko war erstaunt. »Ehrlich?«

»Ja.«

»Das hätte sie uns doch gesagt. Sie ist noch nie unangemeldet für einige Tage verreist.«

»Davon habe ich nichts gehört.«

»Dann rechnest du damit, daß sie in London geblieben ist?«

»Das könnte man in Betracht ziehen.«

Suko schüttelte den Kopf. »Ich verstehe das nicht. Wirklich. Daß Jane solche Dinge dreht, ist mir unverständlich. Es sei denn . . .« Er stockte.

»Rede weiter«, forderte ich ihn auf.

»Es sei denn«, wiederholte Suko, »Gordon Schreiber hätte sich Jane Collins geschnappt.«

Genau daran hatte ich auch gedacht. Eine halbe Minute sprachen wir nicht. Ich brach schließlich das Schweigen. »Wir wissen leider nicht, wie lange sich Schreiber schon in London aufhält, und verdammt noch mal, wenn er bereits einige Tage hier ist, dann wird er auch Zeit und Gelegenheit gehabt haben, sich mit Jane Collins zu befassen. Er kann sie beobachten, er kann . . .«

Das Telefon meldete sich. Ich hob ab und vernahm die Stimme meines Chefs. Sir James befand sich allerdings nicht im Büro, sondern im Club.

»Haben Sie eine Spur?«

»Eigentlich noch nicht, Sir.«

»Sehr mager, John.«

»Wir haben den Hebel an zwei Seiten angesetzt. Wir wissen von der Existenz einer gefährlichen Hexe und von Gordon Schreiber. Wahrscheinlich haben sich die beiden verbündet.«

»Haben Sie Schreiber schon gesehen?« fragte der Superintendent.

»Nein, Sir.«

»Dann nehmen Sie nur an, daß er sich in London befindet?«

»Das auch nicht. Wir haben die Aussage einer Hexe. Sie sprach von einer Hochzeit zwischen Wikka und Gordon Schreiber unter dem Schutz des Satans. Ich glaube nicht, daß die Hexe gelogen hat.«

»Wo soll die Hochzeit stattfinden?«

»Das müssen wir noch herausbekommen.«

»Beeilen Sie sich, John. Und achten Sie auch auf die

andere Seite. Diese Hexenjäger. Irgendwie hat es sich herumgesprochen, daß sie aktiv werden wollen. Man sprach mich sogar im Club darauf an. Ich habe allerdings nichts gesagt.«

»Um die kümmert sich Bill Conolly.«

»Ich hoffe, nur, daß er erfolgreicher ist als Sie, Oberinspektor. Außerdem sind Sie zu zweit. Tun Sie etwas! Und zwar bald!« Das waren seine letzten Worte, denn er legte auf.

Suko grinste schief. Er hatte mitgehört. »Schlechte Laune, der Alte, wie?«

»Wahrscheinlich hat man ihn im Club geärgert.«

Suko lachte. »Die sollten da mal Bunnies einstellen. Was meinst du, wie diese Häschen die alten Böcke auf Vordermann bringen würden.«

Ich lachte.

»Was du da sagst, wäre für Sir James ein Kündigungsgrund. Frauen in einem alten englischen Club? Nein, das geht nicht, wirklich nicht.«

»Aber mit Bill hatte er recht.«

»Sicher. Auch ich frage mich die ganze Zeit, was unser Spezi wohl anstellt?«

»Weißt du eigentlich, wo er hinwollte?« fragte Suko.

»Nicht genau.«

»Wie hieß der Knabe denn noch, den Bill auf dieser Party kennengelernt hat?«

Ich legte die Stirn in Falten. Ein Zeichen, daß ich nachdachte. »Boyle, Moyle oder . . .«

»Doyle!« rief Suko.

»Richtig.« Ich schlug mit der flachen Hand auf den Schreibtisch, während Suko sich bereits eines der Telefonbücher hervorkramte und unter D nachschaute.

»Der ist Makler von Beruf«, informierte ich den Chinesen.

»Hier steht er auch. Harold Doyle. Makler, Geschäftsvermittler, Unternehmensberater. Ganz schön vielseitig, der Herr.«

»Und vielleich auch Hexenjäger«, erwiderte ich und ließ mir von Suko die Nummer sagen.

Ich wählte. Diesmal hatte ich Glück. Es wurde abgehoben. Ich meldete mich offiziell und verlangte Mr. Doyle zu sprechen. Eine sehr nette Frauenstimme erklärte mir, daß Mr. Doyle leider nicht zu sprechen wäre.

»Kann ich Ihnen vielleicht helfen?« erkundigte sich die Dame danach.

»Möglich. Ein Bekannter von mir wollte Ihren Chef besuchen. Ein Mr. Conolly. Ist er inzwischen bei Ihnen eingetroffen?«

»Bedaure, Sir, aber ein Gentleman dieses Namens ist mir leider nicht bekannt.«

»Das wissen Sie genau?«

»Natürlich, Sir.« Ihre Stimme klang leicht beleidigt.

»Okay, dann danke ich Ihnen.«

Wieder hatte Suko mitgehört. Er schüttelte den Kopf. »Der Telefonelfe glaube ich kein Wort.«

»Ich eigentlich auch nicht.«

»Und warum eigentlich?«

»Weil wir leider nicht genau über Bill Conollys Pläne informiert sind.«

»Welche Möglichkeiten haben wir?«

Ich schaute nach draußen. Es wurde langsam dunkel. Über London lag ein grauer Wolkenhimmel. Die Bewölkung war vorhergesagt worden. Vielleicht gab es auch Schnee. »Die einzige Spur zu den Hexenjägern und damit vielleicht auch zu Schreiber, ist der Mann, den du angeschossen hast, Suko. Wir sollten mit ihm reden.«

»Hoffentlich ist er in der Lage.«

Ich hatte mich schon erhoben und griff nach meinem Mantel. »Das werden wir herausfinden.«

Die Fahrt durch London war das reine Grauen. Ich will

Ihnen eine lange Beschreibung ersparen. Als wir das Krankenhaus schließlich erreichten, waren wir beide froh.

An der Anmeldung verwies man uns an einen Dr. Rispoll. Der Arzt wurde auch gerufen. Es war ein noch junger Mann, der eine Brille mit schwarzem Gestell trug, das sich seinem Haar gut anpaßte.

Wir stellten uns vor und trugen unsere Wünsche vor.

Der Arzt verzog das Gesicht. »Das ist natürlich nicht leicht für mich zu entscheiden. Dem Patienten geht es noch nicht gut. Er ist zwar über den Berg, aber . . .«

»Doc!« Meine Stimme klang beschwörend. »Wir müssen mit ihm reden. Es geht hier um Menschenleben. Ich rede bewußt im Plural, nicht um ein Leben, sondern um mehrere. Begreifen Sie das?«

»Sie werden mich ja nicht anlügen.«

»Genau.«

Der Arzt kaute an seiner Unterlippe. Schließlich nickte er und sagte: »Kommen Sie bitte mit.«

Wir fuhren hoch zur Intensivstation. Dort lag der Patient in einem Einzelzimmer. Dr. Rispoll öffnete die Tür so behutsam und vorsichtig, als wäre er ein Dieb.

Im Zimmer brannte nur die Notbeleuchtung. Sie blendete den Patienten nicht, der an drei Tropfern angeschlossen war. Der junge Mann lag auf dem Rücken. Auch bei dieser Beleuchtung sah er noch bleich aus. Als wir auf sein Bett zutraten, öffnete er die Augen und schaute uns entgegen.

»Sie haben Besuch, Peter«, sagte der Arzt. »Fünf Minuten gebe ich den Herren.«

»Ja.« Eine schwache Antwort, aber immerhin.

Der Doc zog sich zurück. Er wartete neben der Tür.

Ich stellte mich neben das Bett und schaute auf den Patienten hinunter. »Peter heißen Sie?«

»Ja, Peter McCurtin.«

»Gut, Peter, und ich bin John Sinclair. Der Mann neben mir ist mein Kollege Suko. Jetzt wissen Sie, mit wem Sie es zu tun haben.«

»Sie sind von der Polizei, nicht?«

»Genau.«

»Ich habe schon mit Ihrem Besuch gerechnet, aber ich kann Ihnen gleich sagen, daß ich nichts weiß.«

»Warum lügen Sie?«

»Ich lüge nicht.«

»Aber Sie wollten ein Mädchen verbrennen.«

»Das eine Hexe war.«

»Es war keine Hexe, Peter. Dieses Mädchen war unschuldig. Wie Sie und wie ich.«

In seinem Gesicht zuckte es. Er schien zu merken, daß ich ihn nicht angelogen hatte. Ich hakte nicht sofort nach, sondern ließ ihm Zeit, sich mit den neuen Tatsachen abzufinden, denn für ihn mußte eine Welt zusammengebrochen sein.

»Was wollen Sie wissen?«

»Es geht natürlich um die Hexen. Daß sie existieren, wissen wir ebenfalls, und sie sind auch unsere Feinde.«

»Meinen Sie die Hochzeit?«

»Davon wissen Sie auch.«

»Ja, wir hörten es. Wir haben mehrere Hexen gefangengenommen, die zur Hochzeit kommen sollten. Sie werden auch erscheinen, aber mit den Hexenjägern.«

»Wann soll die Hochzeit stattfinden?«

»Heute nacht.«

Nun lag mir die entscheidende Frage auf der Zunge. »Wo soll das geschehen?«

»Den genauen Ort weiß ich nicht. Aber ich hörte, daß es auf einem Hausboot sein soll.«

»Auf einem Boot?«

»Ja, es liegt an der Themse.«

Suko hatte mitgehört. Ich schaute meinen Partner an, der die Schultern hob.

»Und wie das Boot heißt, wissen Sie nicht?«

»Nein.«

»Wer weiß es denn?«

»Der oberste Hexenjäger.«

»Ist es Doyle?« Die Frage schoß ich so heraus.

»Doyle ist mein Onkel.« Peter McCurtin sagte nicht ja oder nein, sondern nur diesen einen Satz, in dem ich allerdings eine Bestätigung auf meine Frage erkannte

Ich nickt. »Danke, Peter, Sie haben uns sehr geholfen. Und wünsche Ihnen von ganzem Herzen gute Besserung.«

»Ich schließe mich an«, sagte Suko.

»Sir?«

»Ja?«

»Ich habe noch eine Frage, Sir. Stimmt es wirklich, daß das Mädchen unschuldig war?«

»Bei diesen Dingen kenne ich keinen Spaß«, erwiderte ich sehr ernst. »Das Mädchen war unschuldig.«

»Und die anderen?«

»Das kann ich Ihnen nicht sagen.«

»Samatha ist aber eine Hexe.«

»Wer ist Samatha?« hakte ich nach.

»Die Frau von meinem Onkel. Er hat es selbst herausgefunden. Deshalb sein Haß. Sie ist in den Bann der Wikka geraten und kein Mensch mehr. Das hat mein Onkel immer gesagt. Die einzige Möglichkeit, wie man sich von ihr befreien kann, ist, wenn man sie verbrennt.«

Peter McCurtin hatte die Worte lauter und mit so einer Bestimmtheit gesagt, daß ich ihm sogar glaubte. Es war durchaus möglich, daß es sich bei Samatha Doyle um eine Hexe handelte. In der Seelenburg waren die Frauen Hexendienerinnen gewesen. Gewissermaßen die Vorstufe zur Hexe. Hier jedoch sah die Sache schon wieder völlig anders aus. Gordon Schreiber und Wikka hatten sich entwickelt. Sie schlugen nun wesentlich härter zu als zuvor.

Der Arzt meldete sich. »Sie müssen jetzt gehen, meine Herren. Es ist besser für den Patienten.«

»Natürlich.« Ich machte kehrt. Außerdem hielt uns nichts mehr. Durch die Aussage des jungen Mannes wußten wir, daß Doyle sehr tief in den Fall verstrickt war. Und er hatte sich verleugnen lassen, als ich anrief. Angeblich wußte man auch nichts über Bill Conolly. Lügen, nichts als Lügen. Ich rechnete stark damit, daß Bill in eine gemeine Falle gelockt worden war.

Auf dem Flur fragte uns der Arzt. »Ich will ja nicht als zu neugierig erscheinen, Gentlemen, und es ist auch nicht meine Art, Gespräche mitanzuhören, aber sie redeten so laut, daß es sich nicht vermeiden ließ. Haben Sie wirklich von Hexen gesprochen oder habe ich mich vielleicht verhört?«

»Nein, Doc, verhört haben Sie sich nicht.«

»Dann kämpfen sie gegen Hexen.«

»Sehr richtig.« Vor der Fahrstuhltür blieben wir stehen.

»Aber es gibt doch keine Hexen!«

»Wenn Sie das meinen«, erwiderte ich und öffnete die Fahrstuhltür, um Suko vorbeizulassen.

Der junge Arzt schaute uns fassungslos nach. Er zweifelte wahrscheinlich an unserem Verstand. Diese Reaktionen Unbeteiligter kannte ich. Bisher jedoch hatten wir noch immer zuletzt gelacht, und das am besten.

*

Das Lachen verging uns allerdings, als wir vor einem Haus in Mayfair stoppten und aus dem Wagen springen wollten. Suko war es, der den Porsche sah. Mit dem

Heck verschwand der Wagen in einer Einfahrt zwischen zwei Häusern.

»Das war doch Bill.«

Leider mußte ich erst wenden. Auf der schmalen Straße und mit dem Bentley ist das keine angenehme Sache, aber ich bekam das schwere Fahrzeug herum.

Wenig später rollten wir ebenfalls in die Einfahrt. Von Bills Wagen sahen wir nichts. Dafür jedoch eine blondhaarige Frau, die soeben das Tor einer Garage schloß. Sie konnte den Wagen dort versteckt haben.

Im Zurückblicken sah sie den Bentley, stutzte für einen Moment und drückte das Tor hastig zu, um sich sofort mit raschen Schritten zu entfernen, als hätte sie ein schlechtes Gewissen.

Dagegen hatten wir beide etwas. Diese Frau brauchten wir noch.

Suko war schneller aus dem Wagen als ich. Er schnitt der Frau mit ein paar gezielten Schritten den Weg ab, so daß sie nicht mehr weiterkonnte; weil der Chinese vor ihr stand und lächelte.

Sie regte sich sofort auf. Der Wind zerzauste ihr wohlfrisiertes Haar und zerrte auch an dem eleganten Kostüm, das wie dunkelroter Wein schimmerte. »Was erlauben Sie sich eigentlich?« fuhr sie Suko an. »Geben Sie sofort den Weg frei und gehen Sie zu Ihresgleichen. Oder ich rufe die Polizei.«

Suko blieb stehen.

Ich jedoch kam näher. Die Stimme hatte ich schon gehört. Nur war sie mir verbindlicher in Erinnerung geblieben. Von selbst erhellten sich mehrere Lampen. Sie befanden sich an den Rückfassaden der Häuser und standen auch neben dem Garagenkomplex.

»Die Polizei ist bereits hier, Madam«, sagte ich mit ruhiger Stimme und hielt schon meinen Ausweis in der Hand. »Sie werden sich an mich erinnern. Ich bin Oberinspektor Sinclair, wir beide hatten das Vergnügen, miteinander zu telefonieren.«

Sie wurde blaß, das sah ich deutlich. »Sie . . . Sie sind tatsächlich dieser . . .«

»Ja.«

»Trotzdem ist es Ihnen nicht erlaubt, mich auf diese Art und Weise zu belästigen.«

Ich blieb weiterhin freundlich. »Hat Sie jemand angefaßt, Madam?«

»Nein.«

»Weshalb fühlen Sie sich dann belästigt?«

»Nun.« Die Frau räusperte sich. »Weil mich dieser . . . dieser Typ hier nicht vorbeiläßt.«

»Dieser Typ ist übrigens Inspektor und ein Kollege von mir«, klärte ich sie auf.

»Ein Chinese?«

»Ja. Haben Sie etwas dagegen?«

Sie wurde rot. »Natürlich . . . natürlich nicht. Aber ich habe es noch nie erlebt . . .«

Ich winkte ab. »Schon gut, Madam, kommen wir zu etwas anderem. Sie halten den Schlüssel ja noch in der Hand. Öffnen Sie die Garage.«

»Was?«

Ich wurde ungeduldig. »Machen Sie schon. Wir wollen sehen, welcher Wagen darinsteht.«

»Der Wagen gehört zu uns. Der . . .«

»Ist es Ihnen peinlich, wenn wir uns selbst davon überzeugen?«

»Sie glauben mir nicht?« Ihre Stimme klang wieder frech.

Da war ich es leid. Hier ging es um Menschenleben, und ich hatte keine Lust, mich von dieser Person hier in meiner Arbeit stören und aufhalten zu lassen. Mein Arm schnellte vor, und mit einem Griff hatte ich den Garagenschlüssel aus ihrer Hand genommen.

Die Frau war so überrascht, daß sie keinen Ton hervorbekam. Sie starrte mir nach, und erst als ich die Hälfte der Strecke zurückgelegt hatte, begann sie zu schimpfen. Das war übelster Hafenslang, den sie mir nachschleuderte.

Ich kippte das Tor hoch.

Ein Porsche stand in der Garage. Und nicht irgendeiner, sondern Bill Conollys Wagen. Für einen Moment schlug mein Herz schneller. Dann schaute ich durch die Scheiben, fand den Wagen aber leer. Suko kam mit der Frau. Sie hatte auch den Wagenschlüssel, den sie zähneknirschend herausrückte. Ich schloß die Haube des Kofferraums auf und hob sie an. Bill lag nicht darin.

Hart schlug ich die Haube wieder zu. Der Wagen konnte hier stehenbleiben, er war nicht so wichtig. Dafür Bill Conolly. Denn ihn mußten wir finden.

Ich baute mich vor der Blonden auf. »Wo befindet sich Mr. Conolly?« fragte ich hart.

»Ich weiß nicht.«

»Reden Sie!«

»Soll ich Sie anlügen?« fauchte sie.

Auf eine lange Diskussion wollte ich mich nicht mit ihr einlassen. Bis zum Haus des Maklers waren es nur ein paar Schritte. Ich faßte die Frau am Arm und schob sie auf die Toreinfahrt zu.

»He«, protestierte sie. »Wo wollen Sie mit mir hin?«

»Wir werden Ihren Chef besuchen.«

»Der ist nicht da.«

»Davon möchten wir uns gern persönlich überzeugen.«

Da schwieg sie. Die Blonde sagte auch kein Wort, als ich die Haustür aufschloß. Nach einer überstürzten Flucht sah es hier wirklich nicht aus. Der Schreibtisch war aufgeräumt, auf dem Boden lagen die Teppiche, die Türen zu den einzelnen Büros waren geschlossen.

Der Reihe nach zog Suko sie auf und warf Blicke in die dahinterliegenden Räume.

Leer!

»Ich habe Ihnen doch gesagt, daß sich Mr. Doyle hier nicht mehr befindet.« Die Frau lächelte spöttisch und irgendwie siegessicher.

Ich schaute sie nur an und machte weiter. Wir nahmen uns die oberen Etagen vor.

Auch hier befanden sich zum Teil Büroräume. Fernschreiber, Telefone, eine EDV-Anlage, und im zweiten Stock hatte der Makler sein privates Domizil.

Dort kamen wir nicht rein.

Wir brachen die Tür nicht auf, denn ich glaubte inzwischen daran, daß sich wirklich niemand mehr im Haus aufhielt. Blieb allerdings noch der Keller.

Er bot wirklich eine Überraschung. Als wir die erste feuerfeste Eisentür aufdrückten, stockte uns der Atem.

Hinter der nüchternen Bürofassade befand sich ein Refugium des Schreckens. Der Folterkeller einer mittelalterlichen Burg hätte nicht schlimmer eingerichtet sein können. Ich sah all die Folterinstrumente, die ein Führer den Touristen so gern zeigt und erklärt. Aber diese Geräte waren neu und aus besten Materialien gebaut. Man hatte sie auch benutzt, davon zeugten die dunklen Flecken, die ein makabres Muster auf den Geräten hinterlassen hatten.

Blut!

»Was ging hier vor?« Meine Augen wirkten kalt wie zwei Kieselsteine, als ich die Frau anschaute.

Sie senkte den Blick.

Ich faßte sie an der Schulter. Die Blonde verzog das Gesicht und atmete scharf durch die Nase, sprach aber kein Wort.

»Was ist hier geschehen?« fuhr ich sie an. »Hat man hier Menschen gefoltert?«

Sie schwieg.
Ich schüttelte sie durch. »Reden Sie!«
»Nein, man hat hier keine Menschen gefoltert.«
Eine faustdicke Lüge, die sie mir angesichts der Tatsachen noch ins Gesicht schleuderte. »Und warum gibt es dann diese Instrumente des Schreckens? Wofür waren oder sind sie bestimmt? Für Tiere etwa?«
»Nein, es waren keine Menschen.«
»Also wurde doch gefoltert?«
Die Blonde hob den Kopf. Ihren Mund hatte sie verzerrt, die Winkel zeigten nach unten. »Für die Hexen!« kreischte sie. »Man hat es für die Hexen getan. Und sie sind keine Menschen. Nein, sie sind es nicht. Sie müssen brennen!«
Jetzt endlich war es aus ihr herausgebrochen. Sie zeigte nun ihr wirkliches Gesicht, das andere war Fassade gewesen, und sie bewies, daß sie mit den Hexenjägern unter einer Decke steckte.
Plötzlich begann sie zu lachen. Schaurig hörte es sich an, als es durch den Keller hallte. »Sie werden brennen, darauf könnt ihr euch verlassen, Bullen. In dieser Nacht räumen die Hexenjäger mit dem Spuk auf. Das Feuer wird sie fressen. Endgültig und für alle Zeiten. Und euer Freund, dieser verdammte Conolly, auf den ihr so scharf seid, der verbrennt mit . . .«

*

Das Gefühl, aus einer Bewußtlosigkeit zu erwachen, war für Bill Conolly nicht neu. Im Prinzip war es immer das gleiche, nur variierte hin und wieder die Stärke der Schmerzen.
Der Kopf tat dem Reporter nicht einmal so weh, dafür aber der Nacken. Das starke Ziehen hatte hier seine Ursache und wanderte weiter über den Rücken bis hin zum

letzten Wirbel, wo es sich sogar noch verdichtete. Die Erinnerung kam dem Reporter sofort. Er dachte an den Besuch bei Doyle, an die Szene im Keller, wo er Samatha, Doyles Ehefrau, gefesselt an einem Pfahl gesehen hatte, mit einer Schere in der Brust. Ein schreckliches Bild, das der Reporter nie in seinem Leben vergessen würde, und er fragte sich, was dies für Menschen waren, die so etwas fertigbrachten.

Dann jedoch wurde er wieder an seine eigene Situation erinnert, und die sah wirklich nicht rosig aus.

Bill Conolly befand sich nicht mehr innerhalb des Kellers.

Im Keller war es nicht kalt. Dort hatte er auch nicht in die Dunkelheit gestarrt wie hier, und da schmatzte und gluckerte auch kein Wasser.

Wo befand er sich dann?

Weit riß Bill die Augen auf. Er versuchte, die Dunkelheit zu durchdringen, etwas Helligkeit wahrzunehmen, um vielleicht herauszufinden, wohin man ihn geschleppt hatte.

Ja, da war etwas. Grau schimmerte es vor ihm. Allerdings war es nicht so hell, als daß Bill etwas hätte erkennen können. Ein nächtliches Zwielicht, mehr nicht.

Und das Wasser! Deutlich hörte er das Klatschen der Wellen, und er merkte auch, daß er zwar auf festem Boden stand, allerdings auch hin und her wiegte.

Befand er sich auf einem Boot?

Bill wollte seine Arme bewegen, um sich voranzutasten. Erst jetzt wurde ihm bewußt, daß er sie nicht bewegen konnte. Ebenso wie die Beine. Man hatte ihn gefesselt.

Dabei lag er nicht auf dem Boden, sondern stand auf den Füßen. Trotzdem konnte er sich nicht rühren.

Was war das?

Eine Gänsehaut rann über Bills Rücken. Diese Lage

war schlimm, er wußte nicht, wie er sich verhalten sollte und zuckte zusammen, als er plötzlich das leise Lachen hörte.

Direkt hinter ihm.

Bill lauschte so lange, bis das Lachen verstummt war. Und es stammte von einer Frau.

»Wer . . . wer bist du?« fragte Bill, nachdem er sich ein Herz gefaßt hatte.

»Du kennst mich.«

»Nein.«

»O doch, mein Lieber. Du hast mich gesehen, als du in den Keller gekommen bist.«

Samatha!

Meine Güte, das mußte Samatha sein. Jetzt erst fiel es dem Reporter wieder ein. Hinter ihm stand die Frau, in deren Körper eine Schere steckte.

Samatha, die Hexe!

»Na, mein Kleiner? Bist du dir jetzt darüber im klaren, mit wem du es zu tun hast?«

»Ja.«

»Dann werden wir gemeinsam sterben.«

»Wieso sterben?« schrie Bill.

Die Hexe ließ sich mit ihrer Antwort Zeit. »Glaubst du denn, daß sie dich laufen lassen? Nein, für dich ist das gleiche Schicksal vorgesehen wie für uns. Du wirst brennen!«

Brennen! Brennen! Das Wort verdoppelte sich in Bills Gehirn und wurde zu einem schaurigen Echo.

Er sollte verbrannt werden!

»Das geht nicht!« flüsterte er. »Sie können mich doch nicht . . .« Bill verstummte, denn er wußte sehr wohl, was sie alles konnten. Natürlich konnten sie ihn anzünden. Er stand ja schon zusammen mit der Hexe gefesselt an einem Pfahl, und er spürte, wie die Stricke durch seine Kleidung in die Haut schnitten.

Sie hatten alles verdammt gut vorbereitet. Während er bewußtlos gewesen war, hatten sie ihn weggeschleppt. Wohin, das war die große Frage. Ihm war nur bekannt, daß sie ihn mit der Hexe an einen Pfahl gebunden hatten, und daß er auf schwankendem Boden stand.

»Wo sind wir hier?« fragte er.

»In einem Bootshaus, das meinem lieben Gatten gehört.«

»Aber warum schwankt der Boden unter unseren Füßen?«

Da lachte die Hexe. »Kannst du dir das nicht denken, Bill Conolly?«

»Nein.«

»Dann hör genau zu, denn sie haben sich etwas einfallen lassen, unsere lieben Freunde. Sie werden uns zwar anzünden, aber auf sehr spektakuläre Art und Weise. Wie du sicherlich weißt, findet heute die große Hochzeit zwischen Wikka und Gordon Schreiber statt. Der Satan persönlich wird den Trauzeugen spielen, und wir, Wikkas Freundinnen, waren zur Hochzeit eingeladen. Das haben die Hexenjäger herausbekommen. Es gelang ihnen tatsächlich, uns zu fangen. Einige von uns haben sie verbrannt. Wir sollen zwar auf die gleiche Art und Weise sterben, aber viel spektakulärer. Die Hochzeit zwischen Schreiber und Wikka findet auf einem Hausboot auf der Themse statt. Wir werden ebenfalls der Hochzeit einen Besuch abstatten, nur eben als brennende Personen. Du bist zwar an einem Pfahl gefesselt, aber du stehst hier nicht auf oder in einem Boot, sondern auf einem Floß. Wenn die Hochzeit nun beginnt, werden die Flöße auf das Boot zutreiben, und zwar brennend. So lautete der Plan der Hexenjäger. Um uns herum befindet sich schon das Reisig, sie brauchen es nur noch anzuzünden und uns auf den Fluß zu schleppen. Weg aus diesem Bootsschuppen. Weißt du nun Bescheid?«

»Ja.« Dieses eine Wort, das Bill sprach, war kaum zu verstehen. Der Reporter zeigte sich geschockt. Jedes einzelne Wort der Hexe hatte er genau verstanden, und er sah keinen Grund, weshalb er ihr nicht trauen sollte. Nein, die log ihn nicht an. Bill hatte zwar nicht viel von den Hexenjägern gesehen, aber was er wußte, das reichte ihm durchaus. Diese Männer kannten kein Erbarmen. Sie hatten sich die alten Hexenjäger der Inquisition als Vorbilder genommen, und die waren ebenso grausam gewesen.

»Du sagst ja nichts?« hörte er Samathas Stimme.

»Das ist auch schwer zu fassen.«

»Ja, nicht.« Sie schien sich zu freuen, denn nach der Antwort folgte ein Kichern.

»Warum bist du eine Hexe?« fragte Bill und versuchte, seine Hände zu bewegen, denn noch hatte er Zeit. Er mußte sich einfach von den verdammten Fesseln befreien.

»Ich habe Wikka kennengelernt«, erwiderte sie. »Diese Frau hat mich fasziniert, und sie erzählte mir von der Herrlichkeit des Teufels. Von einem sagenhaften Liebhaber, wie es nur der Gehörnte sein kann. Und den wollte ich haben, denn meinen Mann kannst du abhaken. Er denkt nur an sein Geschäft. Seine Frau, die hat er schon längst vergessen. So schloß ich mich Wikka an und wurde zu einer Hexe.«

»Wie?«

»Nicht so wie früher. Da riß man den Frauen das Herz aus dem Leib, und sie lebten trotzdem noch weiter. Nein, Wikkas Schlangen bissen mich. Sie pflanzten mir den magischen Hexenkeim ein und machten mich so unsterblich. Als mein Mann merkte, was mit mir geschehen war, drehte er durch. Zuerst peitschte er mich aus, dann folterte er mich, und schließlich stieß er mir die Schere durch die Brust, aber ich starb nicht, und das machte ihn rasend. Er gründete den Club der Hexenjäger und schaffte es, Gleichgesinnte um sich zu versammeln. Ich wußte inzwischen mehr über Wikka, und ich mußte es ihnen sagen, denn sie haben mich gequält. Im Zeichen des Kreuzes gab ich ihnen die Auskünfte und habe ihnen verraten, wer meine Mithexen waren und wo die Hochzeit stattfindet. Sie haben alle gefangen und wollen der Hochzeit einen Besuch abstatten.« Sie lachte jetzt. »Aber Wikka ist stärker. Bestimmt hat sie den Schrein des Satans gefunden, denn er allein gibt ihr die Kraft, um weiterzumachen. Und auch Gordon Schreiber ist ein würdiger Mann. Der Teufel hat ihm geholfen, zu Macht, Einfluß und Geld zu gelangen. Jetzt verlangt er seinen Tribut, den Gordon Schreiber ihm gern zahlen wird, wie ich ihn kenne. Noch haben wir nicht verloren, Bill Conolly.«

Der Reporter mußte die Worte erst verdauen. Er hatte da Informationen und Neuigkeiten erhalten, womit er nie im Leben rechnete. Erst jetzt wurde ihm bewußt, welche Dimensionen dieser Hexenkult schon angenommen hatte.

Beide bildeten eine Gefahr. Die Hexen als auch die Hexenjäger. Und letztere wollten die alten Zeiten wieder auferstehen lassen. Wie früher sollten brennende Flöße über die Themse treiben, wo die Schreie der Hexen über das Wasser gellten.

Eine schaurige Vorstellung, aber bald eine Tatsache, die unbegreiflich war.

»Und wo sind die anderen?« fragte Bill.

»Hier bei uns.«

»Wie viele sind es?«

»Mit mir sind wir vier. Also vier Flöße, die die Themse hinabtreiben.« Sie lachte. »Und auf einem sind zwei Gefesselte. Du und ich, Bill Conolly.«

Der Reporter schwieg. Dafür arbeitete er verbissen an den Fesseln. Man hatte ihm die Hände nicht extra gefesselt, sondern die Stricke hart um beide Körper geschlungen.

Bill versuchte es. Er bewegte sich wie eine Schlange, weil er endlich herauskommen wollte, doch die Männer verstanden ihr Fach. So hart und fest saßen die Stricke, daß Bill keine Chance besaß.

»Bemühe dich nicht, du kommst nicht los«, sagte Samatha. »Ich habe es auch schon versucht.«

Bill machte weiter.

Nach fünf Sekunden stoppte er.

Ein Geräusch was an seine Ohren gedrungen. Ein Summen, als würde etwas von einem Motor angetrieben. Dann wurde es plötzlich heller. Ein grauer Streifen erschien vor ihnen, der sich vergrößerte, und plötzlich schaute Bill nach vorn.

Eine dunkle, sich vor ihm bewegende Masse. Tanzende Reflexe auf der Oberfläche, Lichter in der Ferne, die wie helle Punkte funkelten. Kleine Sterne der Hoffnung, denn Bills Blick schweifte jetzt über die Wasserfläche der Themse.

Die Zufahrt zum Bootshaus war frei. Das Tor hatte sich automatisch zur Seite geschoben.

Lichterschein. Flackernd, geisterhaft anzusehen. Dazwischen das Tuckern eines Bootsmotors. Dann schob sich der spitze Bug des Schiffes langsam in das Bootshaus. Sie kamen.

Und sie hielten Fackeln in den Händen. Das Licht strich über sie und ließ die Vermummten noch schauriger erscheinen. Es erhellte auch den größten Teil des Bootshauses, so daß Bill die anderen drei Hexen erkennen konnte.

Wie er und Samatha waren sie ebenfalls an auf den Flößen stehende Pfähle gebunden.

Drei Hexen, die aus glänzenden Augen dem langsam hereinfahrenden Boot entgegenschauten.

Bill Conolly wußte, daß er zu lange gewartet hatte. Unter den Blicken dieser grausamen Mörder würde er es nie schaffen, sich zu befreien. Und Samatha sprach das aus, was der Reporter dachte.

»Pech für dich!«

*

Wikka küßte das Messer!

Sie hatte es in beide Hände genommen, berührte es an der Spitze und am Griff, hatte es verkantet und preßte ihre Lippen auf die Breitseite der Klinge.

Dies war das Messer des Teufels. Durch seine Klinge sollte Jane Collins sterben.

Die Detektivin lag vor der Hexe. Und über ihr befand sich der offene Schrein, in dem die Fratze des Satans auf dem schwarzen Samt leuchtete.

Jane lag apathisch auf dem Boden. Das Mittel, mit dem sie betäubt worden war, wirkte noch lange nach. Und so sollte es auch sein. Jane würde sterben, man opferte sie dem Teufel, und die Klinge, die Wikka geküßt hatte, sollte ihr den Tod bringen.

Schreiber stand hinter der knienden Wikka. Er überragte sie als auch Jane mit seiner Gestalt. Wie die Hexe hatte auch er sich umgezogen. Gordon Schreiber trug einen Mantel aus pechschwarzem Samt, dessen Hälften unter seinem Hals von einer Spange gehalten wurden.

Wikka war ebenfalls bereit für die Hochzeit. Auch ihr Gewand war schwarz. Allerdings bestand es nicht aus Samt, sondern aus einem Material, das ihre Haut durchschimmern ließ. Es war durchsichtig wie eine Gardine, und der Stoff floß locker und in langen Wellen über den Körper der schönen Hexe.

Die Kerzen brannten ruhig. Aus den schwarzen Stäben stachen die Flammen und beleuchteten auch das Gesicht des Satans. Ein sattes Rot auf dunklem Samt.

Zwei Farben – zwei Symbole.

Rot für das Blut und schwarz für die Hölle. Für die ewige Verdammnis, für die unendliche Tiefe, in der das Höllenfeuer loderte und dem Teufel selbst die Energien gab.

Wikka verneigte sich. Dabei blieben ihre Lippen auf der blanken Messerklinge, und plötzlich drehte sie den Stahl herum. Die Schneide schnitt in ihre Unterlippe.

Blut erschien – grünes Blut.

Hexenblut!

Auch die Haut der Hexe wurde grün. Von innen heraus schien sie zu leuchten. Für einen Moment wurde die Haut sogar durchsichtig, und man konnte hinter ihr das Schimmern der Knochen sehen, dann war sie wieder normal, aber mit dem grünen Schimmer behaftet.

Jane Collins trug auch nicht mehr ihren Umhang. Nackt lag sie vor der knienden Hexe, während das grüne Blut auf ihren Körper tropfte. Jane zuckte zwar zusammen, als sie die Berührung spürte, danach war es ihr angenehm, denn von diesen Tropfen ging eine warme und gleichzeitg belebende Wirkung aus.

Wikka schaute auf das Hexenblut. Es wirkte wie ein grüner Fleck auf weißer Haut. Dann drehte sie den Kopf und suchte den Blick ihres Bräutigams.

»Hast du es gesehen?« flüsterte sie.

Schreiber nickte.

»Das genau ist die Stelle, die sich der Satan ausgesucht hat. Durch mein Blut habe ich ihn dazu aufgefordert, sich zu melden. Jetzt weiß ich, wo ich zuzustoßen habe.« Sie nickte und hob danach den Kopf, um den Teufel anzuschauen.

Noch immer drangen aus seinem Maul kleine Atemwolken. Sie schimmerten giftgrün und stanken penetrant nach Schwefel. Dieses Parfüm der Hölle machte

Wikka und Schreiber nichts aus. Sie atmeten es ein wie köstlichen Sauerstoff.

»Bist du bereit, o Satan, das Opfer anzunehmen?« fragte die Oberhexe mit rauher Stimme.

Ein Funkeln in den Augen, heftige Atemstöße, dann eine Stimme aus dem Maul.

»Ja, ich bin bereit.«

Wikka lächelte. »Bist du auch bereit, sie als Opfergabe für unsere Hochzeit anzunehmen?«

»Auch das!«

»Willst du unser Trauzeuge sein und uns deinen höllischen Segen geben?«

»Ich werde beides.«

»Willst du sie töten oder soll ich ihr das Messer in den Leib stoßen?«

»Du mußt sie mir als Opfer geben«, erwiderte die heiser krächzende Stimme. »Deshalb wirst du sie töten, und ich nehme dein Opfer gern an, Wikka. Die Macht des Satans muß endlich gestärkt werden. Wir haben zuviel an Boden verloren, das hört nun auf, hast du mich genau verstanden?«

»Das habe ich, Satan, und ich will, daß du uns unterstützt, denn unsere Feinde schlafen nicht. Sie sind uns bereits auf der Spur, wir müssen kämpfen, sie haben es geschafft, unsere Schwestern gefangenzunehmen.«

»Sie werden keine Chance haben«, erwiderte die Teufelsfratze. »Feiert ihr die Hexenhochzeit so, wie es abgemacht war.«

»Das werden wir!« flüsterte Wikka. »Das werden wir bestimmt so machen!« Sie stand auf und schaute ihren Bräutigam an. »Hast du gehört, was der Satan gesagt hat?«

»Ja.«

»Du hast durch meine Schlangen ein magisches Leben bekommen. Deshalb gehörst du endgültig zu uns. Um den Bund noch fester zu machen, werden wir die Hexenhochzeit feiern. Mit deinem und meinem Blut besiegeln wir das Bündnis für die Ewigkeit. Es fesselt dich ebenso, wie es mich fesselt, keiner kann aus dem Bündnis fliehen, es sei denn, der Tod schlägt sie.« Sie lachte. »Aber wer sollte uns schon töten? Da gibt es wohl keinen, dem dies gelingen könnte. Nein, wir sind zu mächtig, und wir werden noch mächtiger.« Sie hob das Messer an und hielt es so, daß es sich zwischen ihrem Gesicht und dem des Gordon Schreiber befand. Einige letzte grüne Schlieren liefen noch an der Klinge entlang, sammelten sich an der Spitze und tropften zu Boden.

Wieder legte die Hexe die Klinge gegen ihren Mund. In den Augen las Schreiber eine Aufforderung. Er beugte seinen Kopf vor, und die Lippen berührten den Stahl auf der anderen Seite.

Sie küßten die Klinge. Eine Messerklinge, durch die Jane Collins den Tod finden sollte.

Das Opfer selbst merkte davon nichts. Apathisch lag die Detektivin auf dem Boden. Im Rücken spürte sie die Kälte der Planken, obwohl sie mit Teppichboden bespannt waren, und über ihren nackten Körper rann ein Schauer.

Jane lag dort in starker Apathie. Sie merkte nicht, was um sie herum vorging, sie hatte sich dem fremden, magischen Zauber völlig ergeben und war ihm erlegen.

Sterben?

Daran dachte sie nicht. Als sie die Augen weit aufriß und nach oben schielte, da sah sie, daß die Hexe und Gordon Schreiber eine Art Brücke über sie gebildet hatten. Wikka stand links, Schreiber rechts von Jane. Beide hatten sich vorgebeugt, so daß ihre Lippen die Seiten der Messerklinge berühren konnten.

Grüner Brodem wurde ihnen in die Gesichter geweht. Es war Nebel aus der Hölle, der durch den Mund des

Teufels drang, nur Jane nahm den Geruch kaum war. Sie befand sich fast in einer anderen Welt.

Wikka hob den rechten Arm. Die Finger legten sich um den Messergriff. Dann zuckte sie zurück, hielt das Messer jedoch fest, so daß es sich weiterhin in einer Höhe mit ihrem Mund befand.

»Ich werde sie töten«, flüsterte Wikka. »Ihr Blut wird unseren Pakt besiegeln.«

Schreiber nickte.

Er war nervös. Auf seiner Stirn lag der Schweiß. Sein Brustkorb hob und senkte sich unter langen Atemzügen. Er spürte genau, daß die Entscheidung dicht bevorstand und daß er sie nicht mehr umgehen konnte.

Er wollte es auch nicht.

Wikka kniete wieder. Das Messer hielt sie jetzt mit beiden Händen fest. Die Haare waren nach vorn gefallen. Ihre Spitzen ruhten auf den Schultern, dessen weiße Haut unter dem schwarzen dünnen Gewand schimmerte.

Gleich war es soweit.

»Satan!« flüsterte die Hexe. »Der du das Teuflische erschaffen hast und der du in der Lage bist, es deinem Diener wieder zu nehmen, gib uns nun die Kraft, das zu tun, was für dich wichtig ist. Was dir beweist, daß wir uns voll und ganz in deine Hände geben und unter deinen Schutz stellen. Beschütze uns vor den Feinden des Tages, laß zu uns kommen die Gestalten der Nacht, die Boten der Finsternis, die Diener des Grauens und der Verdammnis. So flehen wir dich an, und sei bereit, dieses, dein Opfer, zu nehmen.«

Plötzlich fuhr ein Sturm durch die Kabine. Er drang aus dem Maul der Teufelsfratze. Es wurde kalt und gleichzeitig heiß. Asmodis hatte sich gemeldet und sein Einverständnis erklärt.

Wikka hielt die Augen geschlossen, während Gordon

Schreiber den Kopf in den Nacken gelehnt hatte. Sein Mund stand halb offen. Er lauschte den Klängen der Hölle und hörte auch etwas anderes dazwischen.

Schreie!

Sie waren weit entfernt, schienen sogar aus dem Höllenfeuer zu stammen, wo die Seelen der Dämonen und Dämonendiener qualvoll jammerten und weinten.

So jedenfalls glaubte er.

Er senkte seinen Blick.

Wikka kniete vor Jane Collins. Die Arme hatte sie erhoben, die Finger umklammerten den Griff des Messers. Sie selbst starrte auf den vor ihr liegenden nackten Körper, und die Spitze der Waffe wies dorthin, wo das grüne Hexenblut einen Fleck hinterlassen hatte.

Die Kerzenflammen flackerten, als würde sich jemand im Raum befinden und stark atmen. Licht und Schatten wechselten sich in einem dämonischen Spiel ab, machten aus den Gesichtern der Anwesenden Fratzen, die Ähnlichkeit mit der des Teufel aufwiesen. Sie wurden Satan immer gleicher, und Wikkas Gesicht verzerrte sich.

Sie stand dicht vor dem Mord!

Da hörten sie die Schreie.

Für Sekunden war die Hexe irritiert. Sie wandte den Kopf, ihre Stirn legte sich in Falten, und sie schaute zu Gordon Schreiber hin, der leicht vornübergebeugt und wie erstarrt auf dem Fleck stand.

»Was war das?« flüsterte die Hexe.

Schreiber hob die Schultern.

Wikkas Lippen zogen sich in die Breite. Ihre Augen leuchteten. »Schreie«, sagte sie rauh. »Das waren Schreie, und ich habe die Stimmen erkannt. Schau nach, Gordon Schreiber!«

Auf diesen Befehl hatte Schreiber gewartet. Schon in den letzten Minuten hatte ihn eine übergroße Nervosität gepackt. Jetzt eilte er zu den vernagelten Bullaugen, packte das dünne Holz an einer Seite und riß es herunter.

Noch einmal mußte er zugreifen, um ein kleines Fenster freizulegen, damit er nach draußen schauen konnte.

Sein Blick glitt über die Themse. Dunkel lag der Strom vor ihm. Aber nur so lange, wie er geradeaus schaute. Als er nach links sah, da wurden seine Augen groß.

Denn was sich ihnen bot, konnte man als nahezu unwahrscheinlich bezeichnen . . .

*

Bill Conolly und die mit ihm an den Pfahl gebundene Samatha Doyle kippten nach links weg, als einer der Vermummten auf das Floß sprang. Er hielt eine Fackel in der Hand, deren Flammenschein geisterhaft über die Gesichter irrte.

Bill atmete durch den Mund. Er spürte die Hitze des Feuers und hörte das Reisig knacken, als der Vermummte sich bewegte und mit seinen Füßen darauf trat.

»Dieses Feuer«, flüsterte er und bewegte die Fackel, »dieses Feuer ist die Flamme der Reinheit. Sie löscht das Böse in der Welt aus und wird es zu Asche verbrennen.«

Der Reporter hatte die Stimme sehr wohl erkannt. Sie gehörte dem Anführer Harold Doyle. Er ließ es sich nicht nehmen, seinen Feinden einen letzten Besuch abzustatten.

Und er würde es sein, der das Reisig anzündete, damit seine Flammen auch die eigene Ehefrau erfaßten.

»Doyle, Sie machen einen Fehler!« Bill versuchte ein letztes Mal an das Gewissen des Mannes zu appellieren. »Geben Sie auf. Lassen Sie ab von dem Wahnsinn. Noch ist es Zeit, verdammt. Kehren Sie um!«

Doyle zuckte. Dabei bewegte er auch seinen rechten Arm zu heftig. Bill spürte, wie das Feuer über seine Haut strich und einen glühenden Schmerz auf seinem Gesicht verteilte. »Du wagst es?« zischte Doyle. »Du wagst es wirklich angesichts des Todes noch so zu reden? Ich werden zusehen, wie der Wind deine Asche in die Themse weht, um sie dann dem Meer entgegenzutreiben. So und nicht anders wird es sein. Der Tod kennt kein Mitleid, und der Tod ist mein Freund, deshalb wirst auch du sterben, verdammter Bastard!«

Lachen.

Grell, kichernd.

Die Hexe hatte es ausgestoßen. »Da siehst du, Bill Conolly. Mit dem kannst du nicht reden, der ist verrückt, er ist wahnsinnig . . .«

Doyle zischte einen Fluch. »Willst du schon jetzt brennen?« schrie er. »Soll ich dich jetzt bereits anzünden, du Satansweib, du verdammtes?«

Er redete sich in Rage, die Augen hinter den Schlitzen funkelten düster, so daß Bill Conolly wirklich das Gefühl hatte, er würde es tun. Aber Doyle beherrschte sich. Er trat zurück.

»Komm endlich, Harold!« rief ihm einer der Vermummten vom Boot her zu. »Wir haben nicht mehr viel Zeit.«

»Ja, das stimmt.« Doyle nickte zu seinen eigenen Worten. Er warf den Gefangenen noch einen letzten Blick zu und sprang wieder in das Boot, wo seine Kumpane auf ihn warteten.

»Da hast du's«, sagte die Hexe und lachte leise. »Er ist nicht zu belehren. Er will nicht nur mich brennen sehen, sondern auch dich! Stimmt es, meine Schwestern?«

Die anderen Hexen begannen zu lachen. Von vier Flößen erschallte nun das Kichern.

In diese kreischenden Laute mischte sich das Tuckern des Bootsmotors.

Der Fahrer hatte ihn angelassen.

»Jetzt rettet uns nichts mehr«, sagte Samatha. »Höchstens noch der Teufel!«

»Du vertraust auf ihn?« fragte Bill keuchend. Er hatte nicht aufgegeben, an seinen Fesseln zu arbeiten.

»Ja, auf wen sonst?«

Das war eine gute Frage. Auf wen sollte sie wohl sonst vertrauen? Bill spürte den Ruck, als das Floß sich plötzlich in Bewegung setzte. Es wurde weitergezogen, und der Reporter sah erst jetzt, daß auch die anderen Flöße aus dem Bootshaus glitten. Sie waren miteinander verbunden. Durch ein Tau, das im Wasser gehangen hatte und von Bill zuvor nicht bemerkt worden war.

Bills Floß befand sich direkt hinter dem Boot. Allerdings schaute Bill in die entgegengesetzte Richtung, während Samatha das Heck des ziehenden Bootes ansehen konnte.

Sie verließen das schützende Haus am Ufer. Sofort wurde das Wasser unruhiger. Es schwappte über, näßte auch einen Teil des Reisigs, und in Bill keimte die verzweifelte Hoffnung auf, daß das Zeug zu naß werden würde, um brennen zu können. Aber das waren wohl Illusionen, denn es wurde nur ein geringer Teil des Reisigs in Mitleidenschaft gezogen. Das meiste blieb pulvertrocken und gut brennbar.

Schon bald konnte der Reporter über das Wasser schauen. Eine dunkle, sich bewegende Fläche. Kleine, kabbelnde Wellen, auf deren Kämmen manchmal ein Lichtreflex wie ein Strahl der Hoffnung tanzte. Die Schiffsschraube wühlte das Wasser zu blasigem Schaum auf.

Samantha rief den Satan an. Die Hexe sprach ununterbrochen, rief Beschwörungen und bat um Hilfe. Der Teufel sollte sich zeigen und sie aus der Klemme ziehen.

Sie schwammen jetzt auf die Mitte des Flußes zu, als das Führerboot nach Steuerbord abdrehte.

Langsam schwangen die Flöße mit. Sie lagen nicht ruhig im Wasser, sondern schwankten, aber sie waren so konstruiert worden, daß sie nicht umkippten.

Bill Conolly gab nicht auf. Er gehörte nicht zu den Männern, die sich in ihr Schicksal ergaben, er wollte kämpfen und die verdammten Stricke lösen.

Der Reporter zerrte und riß an den Fesseln. Er atmete keuchend, sein Atem stand als Dampfwolke vor den Lippen. Trotz der winterlichen Kälte schwitzte Bill. Es war das Gefühl der Angst, das jetzt in ihm hochstieg.

»Es hat keinen Sinn!« lachte Samatha. »Du schaffst es nicht.« Bill enthielt sich einer Antwort. Er wollte seinen Atem sparen, denn er brauchte ihn noch.

Hinter ihm glitten die anderen Flöße durch das Wasser. Auch sie lagen nicht ruhig, sondern bewegten sich im Wellengang. Die Ufer glitten vorbei. Rechts befand sich eine dunkle Wand, durch die nur vereinzelt helle Flecken schimmerten.

Lichter, die so weit entfernt wirkten wie die Sterne. Dort mußte ein Park liegen, und da die Wand sehr groß war, nahm Bill an, daß es sich dabei um den Battersea Park handelte.

Die Vermummten in ihren dunkelroten Kutten unterhielten sich. Bill konnte nicht genau verstehen, was sie sagten, aber einiges von dem klang nach Befehl.

War es jetzt soweit?

Der Reporter verdoppelte seine Anstrengungen. Hin und her warf er seinen Körper, er wollte die Stricke lokkern. »Verdammt!« keuchte er. »Hilf auch mit!«

Damit war Samatha gemeint, doch sie tat nichts. Sie schrie nur nach dem Satan. Vergebens.

Und Bill machte weiter. Verbissen, verzweifelt, er bemühte sich, setzte all seine Kraft ein, die Stricke mußten sich doch lockern. Sie konnten einfach nicht fest bleiben wie zuvor.

Er schüttelte seinen Körper, drehte die Hände, spannte die Schultern und glaubte, einen Erfolg errungen zu haben. Ja, er konnte sich besser bewegen.

Sie hatten sich gelockert!

Zwei Sekunden holte Bill Luft. Danach machte er mit dem doppelten Eifer weiter.

»Jetzt!«

Eine grelle Stimme hallte über das Wasser. Doyle hatte gerufen, und zwei Hexenjäger reagierten.

Vom Boot bis zum ersten Floß war es nicht weit. Die Distanz konnte übersprungen werden.

Das tat der erste Hexenjäger. Die Fackel hielt er in der rechten Hand, kletterte auf den Bootsrand, knickte noch einmal in den Knien ein und sprang. Sein Kumpan blieb abwartend stehen.

Als er sich in der Luft befand, wurde die Flamme vom Wind bewegt und erinnerte für eine kurze Zeitspanne an den hellen Schweif eines Kometen.

Der Mann landete. Schwer krängte das Floß. Wasser schäumte auf die rauhen Holzplanken, der Vermummte hatte mit dem Gleichgewicht zu kämpfen. Es sah so aus, als würde er fallen, doch er fing sich. Dabei wandte er den Kopf, schaute Bill an, und dem Reporter stockte der Atem. Wenn der Typ jetzt seine Fesseln kontrollierte, dann war alles verloren. Das tat er nicht, sondern sprang auf das nächste Floß, das nur wenige Yards entfernt schwamm.

Wieder landete er sicher. Er jumpte auch weiter, und Bill wurde klar, was er vorhatte.

Mit seiner brennenden Fackel wollte er das Reisig auf den Flößen der Reihe nach anzünden.

Es dauerte nicht lange, da hatte er das letzte Floß in der Reihe erreicht.

Eine kurze Bewegung mit der Fackel, ein Schrei dazwischen, und schon fing das Reisig Feuer.

Hell leckten die langen Zungen durch den trägen Qualm. Funken sprühten. Bill hörte das Knistern, als trockenes Reisig brach, und sah im Widerschein des Feuers die Gestalt auf das nächste Floß springen, damit sich dort der Vorgang wiederholte.

Wieder leckte die Flamme der Fackel über das trockene Holz. Da half auch nichts, daß das Reisig an einigen Stellen feucht geworden war. Es brannte trotzdem wie Zunder.

Bill hörte das Fluchen der Hexen, ihre gellenden Schreie, und er arbeitete verbissen weiter. Aufgeben wollte er nicht. Er mußte es einfach schaffen, er mußte es, sonst würde er hier jämmerlich verbrennen.

Die anderen schauten zu. Die Hexenjäger standen am Heck des Bootes. Sie lachten und hatten ihren Spaß, das war die Stunde, auf die sie schon lange gewartet hatten.

Endlich würde sich ihre Rache lohnen.

Schon brannte das nächste Floß. Es war ein schauriges Bild, als das Boot die drei brennenden Flöße über die nächtliche Themse zog. Hell loderte das Feuer, ein Fanal des Schreckens und für die Hexenjäger ein Fanal des Sieges.

Ein Floß brannte noch nicht. Es war das, auf dem sich Bill Conolly und Samatha Doyle befanden.

Aber der Maskierte war schon bereit. Er brauchte nur noch zu springen. Und er tat es.

Bill sah ihn dicht vor sich auftauchen. Er lachte ihn an. »So, du brennst mit!« keuchte er und schwang seine Fackel, wobei der Gluthauch wieder dicht vor Conollys Gesicht vorbeistrich.

»Spürst du es? Spürst du das Feuer, du verfluchter Schnüffler?«

»Mach schon!« gellte ein Befehl.

Der Vermummte gehorchte. Er senkte den Arm und hielt die Fackel in das Reisig.

Es puffte förmlich auf, ein Knistern und Knacken, dann kam Wind auf und fuhr in das aufgeschichtete Holz.

Im Nu stand es in Flammen.

»Angenehme Höllenfahrt!« brüllte der Vermummte noch und stieß sich wieder ab. . .

*

Uns stockte der Atem!

Was wir sahen, war wirklich ungeheuerlich. Eine gespenstische Szene, die mehr in das auslaufende Mittelalter hineinpaßte als in die Gegenwart.

Vor uns lag die Themse. Ein breiter, dunkler Strom, der seine Fluten durch die Strömung träge in Richtung Meer wälzte. Der Schiffsverkehr war eingestellt worden. Nachts fuhr kaum jemand, nur die Boote der River Police, und auf einem dieser Boote standen wir.

Vor uns geschah etwas, das schaurig und irgendwie schön zur gleichen Zeit aussah.

Das Wasser brannte.

Jedenfalls sah es so aus. Eine regelrechte Feuerkette glitt über die Oberfläche. Brennendes Reisig, Flammen, die aus dem Wasser zu schlagen schienen und einen dikken Rauchschleier über ihren Spitzen mitzogen.

Aber da schlug nichts aus dem Wasser. Es waren Flöße, die über den Fluß glitten und von einem Motorboot gezogen wurden, wie wir durch die Nachtgläser erkannten.

»Die brennen wirklich!« flüsterte Suko, und ich nickte.

Zeit durften wir jetzt nicht mehr verlieren, denn es hatte sowieso schon zu lange gedauert. Für mich war es jetzt noch ein Wunder, daß wir es überhaupt geschafft hatten. Zum Großteil konnten wir dies Sir James Powell verdanken. Der Alte hatte sich mal wieder als wahrer

Meister erwiesen, war aus seinem Club geflüchtet, hatte sich in sein Büro verkrochen und von dort die gesamte Flußpolizei mobil gemacht.

Alarmstufe Rot!

Aber ein Alarm, der kein Aufsehen erregte. Alles blieb versteckt, im Hintergrund und im geheimen. Die Besatzungen bekamen genaue Befehle, bevor sie ausliefen und sich in Ufernähe förmlich weiterschlichen.

Es hatte uns Zeit gekostet, herauszufinden, welches Bootshaus in Frage kam. Daß Doyle eines besaß, das wußten wir. Und wir hatten uns nicht getäuscht. Aus diesem Haus liefen die Flöße aus, die mit den Hexen besetzt waren.

Neben mir stand nicht nur Suko, sondern auch der Commander des Polizeibootes, ein Captain, den ich von früheren Einsätzen her gut kannte. Er hieß Pickering und ließ langsam das Glas sinken. Erstaunen zeichnete sich auf seinem Gesicht ab.

»Was machen wir?«

Ich gab keine Antwort, sondern schaute fünf Sekunden lang weiter durch das Glas. Ich wollte Personen erkennen, doch der Rauch und die tanzenden Flammen waren einfach zu dicht.

Dabei dachte ich an Bill Conolly. Obwohl ich meinen Freund nicht sah, war mir klar, daß er sich auf einem der Flöße befinden mußte. Und zwar gefesselt, wie die Hexen.

Ich ließ das Glas sinken. Suko und ich befanden uns nicht umsonst auf dem schnellsten Boot, das der River Police zur Verfügung stand. Zwei Rolls Royce-Motoren trieben es an.

»Volle Kraft, Captain!« flüsterte ich.

Kaum hatte ich den Satz ausgesprochen, als Pickering schon reagierte. Er gab die Anordnung weiter, und sein Steuermann zögerte keine Sekunde.

Die Motoren dröhnten auf. Sogar die Planken zitterten, als die geballte Kraft das Boot voranschob. Mit dem Bug stieg es aus dem Wasser, das aufschäumte und als lange Streifen rechts und links der Bordwand vorbeieilte.

Gischtwolken umsprühten uns. Es kümmerte uns nicht. In diesem Fall war das Finale eingeläutet worden . . .

*

Gordon Schreiber stöhnte. Dazwischen stieß er einen Laut aus, der an das Fiepen einer Ratte erinnerte.

»Nein!« schrie er. »Nein und verdammt!«

»Was ist denn?«

Seine Reaktion hatte auch Wikka aufgeschreckt. In ihrer knienden Stellung drehte sie sich und schaute auf Gordon Schreibers breiten Rücken.

»Sieh selbst, verdammt!«

»Nein, ich muß sie töten.« Noch immer hielt sie das Messer mit der langen Klinge fest.

»Sie kommen!«

Schreiber brauchte nicht zu sagen, wer da kam, Wikka wußte es auch so. Doch sie wollte sich genau überzeugen. Deshalb schob sie ihr Mordvorhaben auf, kam hoch, drehte sich und lief zu ihrem Geliebten, der Platz machte, damit Wikka durch das Bullauge schauen konnte. Schreiber blieb mit bleichem Gesicht neben der Hexe stehen.

Wikka schlängelte sich an ihrem Bräutigam vorbei, stellte sich auf die Zehenspitzen und schaute durch das Fenster.

»Dreh den Kopf nach links!«

Auch das tat die Hexe.

Und da sah sie die Flöße. Brennend trieben sie über den breiten Strom, wurden von der Strömung erfaßt und weitergeleitet. Wikka zischte durch die Zähne wie eine Schlange. Ihre Haut verfärbte sich noch mehr. Das geisterhafte Grün schimmerte selbst im rötlichen Licht der Kerzen, deren Flammen vom durch das Bullauge wehenden Wind tanzten und zuckten.

»Was sagst du?« fragte Schreiber.

Wikka lachte nur grell. »Laß sie doch brennen. Sie kommen uns besuchen, sie haben ihr Versprechen gehalten. Sie werden bei uns sein, auch als Brennende.«

Schreiber fuhr zurück. »Bist du wahnsinnig? Die sind nicht allein. Die Flöße werden von einem Boot gezogen und dort befinden sich die verdammten Hexenjäger.«

»Was sagst du?« Wikka duckte sich, schaute Schreiber an, und ihre Augen funkelten.

»Ja, sieh nach. Das ist tatsächlich ein Boot, das die Flöße zieht. Wir müssen weg!«

Wikka blickte wieder durch das Fenster. Ihr Bräutigam hatte nicht gelogen. Jetzt, da die Flöße sich noch mehr genähert hatten, sah sie ebenfalls das Motorboot. Und es war gar nicht mehr weit entfernt. Der Widerschein des Feuers warf nicht nur bizarre, dunkle Figuren auf das Boot, sondern auch über die Wasserfläche.

»Flieh!« schrie Schreiber.

Wikka hörte nicht, sie wollte nicht hören. Ihre Augen leuchteten. Sie starrte auf das heranfahrende Boot und sah die Gestalten in den langen Kutten auf Deck.

Vermummte. Bewaffnet mit einem großen Holzkreuz, mit Äxten, Pistolen und langen Messern.

Sie wollten Wikka!

Schreiber hielt es unter Deck nicht mehr aus. Er stand schon bereit, wollte weg. »Komm endlich! Noch haben wir eine Chance!«

Für einen Moment drehte Wikka den Kopf. »Nein, Gordon Schreiber. Ich bleibe hier. Ich werde das Boot vernichten. Nicht umsonst hat mich der Satan mit einer ungeheuren Macht ausgestattet. Er wird mir helfen. Sie sollen ebenso sterben wie unsere Schwestern auf den Flößen. Ich werde sie töten!«

Schreiber hielt nichts mehr. Er rannte weg.

Wikka aber reagierte. Sie setzte all die Kraft ein, die die Hölle ihr gegeben hatte . . .

*

Die Flammenwand zuckte vor dem Reporter in die Höhe. Eine wabernde, sich bewegende, breite Lohe, die wie ein gewaltiger Vorhang wirkte, der von den tanzenden Flammen und vom Wind als ein heißer Gruß aus der Hölle gegen Bill Conolly wehte.

Der Reporter hielt es nicht mehr aus. Er hatte den Mund aufgerissen und brüllte aus Leibeskräften. Noch hatten ihn die Flammen nicht erfaßt, nur der fette, dunkle Rauch hüllte ihn ein und machte ein Atmen so gut wie unmöglich.

Samatha lachte irr. Es war ein Gelächter, das aus ihrer Angst geboren wurde, und jetzt erst merkte Bill, daß auch sie an den Fesseln zerrte.

Das Floß schwankte. Wieder rollten Wellen heran, liefen über. Es zischte, wenn das Wasser mit dem glühenden Holz in Berührung kam und weiße Wolken in die Höhe stiegen und vom Wind erfaßt und zerfasert wurden.

Auch Bill kämpfte noch, obwohl er das Gefühl hatte, seine Haut würde in Streifen vom Körper gezogen. Er warf sich von einer Seite auf die andere, geriet zufällig in den gleichen Rhythmus wie auch Samatha, und das machten die Fesseln nicht mehr mit.

Sie fielen zwar nicht, aber sie lockerten sich.

Wieder ein wenig Hoffnung für den Reporter. Auf einmal brüllte er, denn die erste Flammenzunge hatte sein

Hosenbein erreicht und leckte gierig daran hoch.

Bill riß und zerrte.

Frei!

Oder fast, denn er konnte um den Pfahl herum, obwohl die Stricke noch um seinen Körper lagen, wenn auch jetzt nicht mehr so straff. Von den anderen Flößen vernahm der Reporter die gellenden Schreie. Dort loderten die Hexen bereits, und wenn der Wind das Feuer einmal zur Seite trieb, waren die an Pfähle gebundenen Gestalten deutlich zu erkennen.

Die Hexen krümmten sich unter den Feuerzungen. Eine stand schon in Flammen. Die Haare wurden hochgetrieben und brannten knisternd.

Bill kämpfte.

An seinem Bein hatte das Feuer bereits den Stoff verkohlt und wanderte weiter.

Jetzt schrie auch Samatha. Sie mußte ebenfalls von den Flammen erfaßt worden sein. Atmen konnte der Reporter kaum noch. Der dicke Qualm nahm ihm die Luft. Tränen schossen aus seinen Augen. Längst waren die Haare verkohlt, die Haut auf seinem Gesicht brannte, und wenn in den nächsten Sekunden nichts geschah, dann war auch er verloren.

Bill Conolly schrie, als er sich mit seinem gesamten Gewicht nach vorn warf, ein letzter, verzweifelter Kraftakt. Hielt das Seil, riß es?

Es hielt!

»Neiinnn!« Vor Enttäuschung schrie der Reporter, denn er wußte, daß er sich allein nicht mehr helfen konnte. Die Rechnung der Hexenjäger schien voll aufzugehen . . .

*

Vor uns sprühte ein gewaltiger Regen. Die Bugwelle wurde hochgeschleudert, und der Vorhang aus heller Gischt senkte sich auf uns nieder. Die Flöße rückten näher. Deutlich schälten sie sich aus der Dunkelheit hervor.

Das Führerboot hatte seinen Kurs ein wenig geändert. Es hielt jetzt auf das Ufer der Themse zu, wo sich ein gewaltiger Schatten abhob. Das mußte das Boot sein, in dem die Hochzeit gefeiert werden sollte. Zwischen Gordon Schreiber und Wikka, dieser gefährlichen Hexe. Schreiber kannte ich, Wikka hatte ich noch nie gesehen.

Die Hände, in denen ich das Nachtglas hielt, zitterten. Meine Augen tränten vom langen Starren in die tanzenden Feuerwände. Ich sah die Gestalten an den Pfählen, sah, wie langes Haar brannte und bemerkte erst jetzt, daß sich auf dem ersten Floß hinter dem ziehenden Motorboot zwei Menschen befanden.

Ein Mann und eine Frau.

Der Mann war Bill.

Ich schrie seinen Namen, so daß auch Suko aufmerksam wurde. Im gleichen Moment blitzte es vom Motorboot her auf. Man hatte uns entdeckt und schoß.

Eine Kugel traf den Bootsrand und sirrte als böser Querschläger davon.

»Deckung!« schrie Pickering. Er lag als erster flach und fingerte nach seiner Waffe.

»Schießen Sie zurück!« brüllte ich, »und halbe Kraft, wenn es geht. Wir müssen von Bord!«

»Sie wollen wirklich?«

»Ja, verdammt!«

Suko und ich lagen ebenfalls lang. »Ich nehme mir Bill Conolly vor«, sagte der Chinese, und bevor ich etwas erwidern konnte, war er zur Seite gerutscht, kam halbhoch und hechtete über die Reling. Und das bei fast voller Fahrt des Bootes. Wenn Suko auf die Oberfläche schlug, war sie hart wie Stein, aber mein Partner und Freund ging das Risiko ein, um einen anderen Freund zu retten. Hoffentlich schaffte er es noch.

Ich wartete. Nicht aus Feigheit, sondern weil ich näher an das am Ufer liegende Boot herankommen wollte. Auch wir hielten jetzt darauf zu.

Die Bugwelle war ineinander gesunken, längst spritzte die Gischt nicht mehr so hoch, und ich konnte es riskieren.

»Achtung!« rief ich Pickering zu, dann hechtete ich über die Bordwand. Eiskalt war das Wasser. Ich tauchte ein und hatte das Gefühl, jemand würde mir meine Lungen aus dem Leib reißen wollen. Ein Ring aus Eisen schien sich um meine Brust gelegt zu haben, die Kleidung saugte sich im Nu voll, trotzdem schwamm ich dicht unter der Oberfläche weiter und tauchte erst auf, als ich wirklich Luft holen mußte.

Mein Kopf stieß aus dem Wasser.

Nicht weit entfernt sah ich das Motorboot der Hexenjäger. Rechts vor mir lag das Hausboot, aus dessen Bordwand plötzlich etwas herausschoß.

Ein giftgrüner Strahl.

Für Sekunden schien die Zeit einzufrieren. Dann sah ich, wie der Strahl das Boot der Hexenjäger traf, es im gleichen Augenblick auseinanderriß und eine glühende Feuersäule in den Himmel stieg.

Ich tauchte unter und schwamm um mein Leben . . .

*

Wikka konzentrierte sich.

Sie sah das Boot, nur das Boot, denn da hatte sie ihre Feinde zusammen.

Plötzlich erschienen wieder die Schlangen aus ihrem Kopf. Sie wühlten sich durch das Haar, und Wikka zischte ihnen einige Befehle zu. Dabei konzentrierte sie sich, sammelte Kräfte der Schwarzen Magie, und einen Augenblick später lösten sich die Schlangen von ihrem Kopf, um auf das Boot zuzurasen. Unterwegs trafen sie sich, wurden zu einer Einheit und bildeten einen grünen Strahl, der, scharf gebündelt, die Wirkung einer Laserlanze besaß.

Er traf.

Plötzlich erbebte das Boot. Es wurde aus dem Wasser gehoben. Die Vermummten ahnten das Verhängnis, wollten noch von Bord, doch da explodierte das Boot bereits.

Feuer, Rauch und Trümmer bildeten ein Inferno, das keiner überstehen konnte.

Wikka hatte sich furchtbar gerächt.

Ein böses Lächeln lag auf ihrem Gesicht, als sie sich umdrehte, das Messer nahm und Jane anschaute.

»So, meine Kleine, nun zu dir«, flüsterte sie . . .

*

»Bill!«

Der Reporter hörte den Schrei und konnte es kaum fassen, weil er bereits dicht vor der Bewußtlosigkeit stand. Erkennen konnte er nichts mehr, aber er spürte, wie ihm jemand kaltes Wasser in sein malträtiertes Gesicht schleuderte. Bill glaubte es sogar auf seiner Haut zischen zu hören.

Das Boot schwankte stark, als Suko hinaufkletterte. Er hatte sofort erfaßt, wie es um Bill Conolly stand, und der Chinese zögerte nicht einen Atemzug.

Naß wie er war, so warf er sich gegen den Reporter, umklammerte ihn mit beiden Armen und drückte Bill an sich, wobei es ihm gelang, die Flammen zu ersticken. Er wollte den Reporter wegzerren, doch die Fesseln saßen noch zu stramm. Es hätte Zeit gekostet, sie erst umständlich zu lösen.

Bill, der sich mit Gewalt wachhielt und erfolgreich gegen eine Ohnmacht angekämpft hatte, keuchte: »Die Schere. In der Brust der Hexe. Nimm sie!«

Suko verstand. Er flirrte herum, sah die brennende Samatha und fand dicht unter dem bereits verkohlten Gesicht der Hexe die Schere. Sukos Arm stieß in die Feuerwand, und die Finger faßten das heiße Metall an. Auf ein paar Brandflecken kam es nicht an.

Er riß die Schere mit einem Ruck aus der Brust der Hexe, schleuderte dabei mit den Füßen brennendes Reisig über den Floßrand und kümmerte sich um Bill.

Einen Schenkel der Schere setzte er an, säbelte verbissen an den Stricken, und er schaffte es tatsächlich, daß sie auseinanderfielen. In mehreren Stücken rutschten sie zu Boden und blieben dort liegen.

Bill fiel ihm entgegen.

Eine rußschwarze Gestalt mit verbrannten Haaren und knallroter Haut. Der Chinese fing ihn auf, ließ sich weiter mit Bill zusammen fallen und klatschte ins Wasser.

Sie tauchten unter.

Genau in dem Augenblick, als das Boot mit den Hexenjägern explodierte.

*

Ich paddelte wie eine Schildkröte, um möglichst tief zu kommen. Denn wenn die glühenden Bootsteile ins Wasser prallten, würden sie wie Steine versinken und konnten mich dabei noch schmerzhaft verletzen oder auch töten.

Fast berührten meine Hände schon den dicken Schlamm, als ich die Richtung änderte und mit langen Zügen dorthin schwamm, wo ich das Hausboot vermutete.

Um mich herum wurde das Wasser aufgewühlt. Zum

Glück geschah das meiste hinter mir. Die trübe Brühe machte es mir unmöglich, etwas zu erkennen. Wenn ich sehen wollte, mußte ich einfach auftauchen, was natürlich gefährlich war.

Ich ging das Risiko ein.

Als mein Kopf die Wasserfläche durchstieß, hingen mir die Haare bis in die Augen. Ich spürte sofort die Hitze des Feuers, denn brennende Bootstrümmer und auch entflammtes Benzin trieben noch auf dem Wasser.

Sofort schwamm ich weiter, schleuderte die Haare zur Seite und sah fast zum Greifen nahe die Bootswand. Auf dem am Ufer liegenden Schiff rührte sich nichts, ich schaute mich um und sah an der Backbordseite eine in die Außenwand eingelassene Leiter. Zwei Schwimmstöße brachten mich in die Nähe. Meinen rechten Arm machte ich lang, bekam die erste Sprosse zu fassen und kletterte die Leiter hoch. Meine Knie zitterten dabei, aus meiner Kleidung tropfte das Wasser, ich fror wie ein Schneider, doch auf solche Gefühle durfte ich nun keine Rücksicht mehr nehmen.

Ich wußte nicht genau, wer sich alles an Bord befand, rechnete allerdings zumindest mit Gordon Schreiber und Wikka.

Zwei harte Gegner, die es mir nicht leicht machen würden, falls es zum Kampf kam.

Ich erreichte das Deck.

Leider brannte auf dem Wasser das Feuer noch immer, so daß ich mich in seinem Widerschein als gute Zielscheibe abheben würde. Es war so hell, daß ich den Schmutz erkennen konnte, der auf dem Deck lag.

Und die Gestalt!

Sie drehte mir halb den Rücken zu und hatte mich noch nicht gesehen. Gordon Schreiber erkannte ich an der Figur. Er trug einen langen Umhang, der vom Wind aufgebauscht wurde.

Danach bewegte ich mich vorsichtiger. Hatte ich es vorhin eilig gehabt, so ließ ich mir jetzt Zeit. Ich wollte keine unnötigen Geräusche verursachen und hatte trotzdem Pech. Schreiber schien einen sechsten Sinn zu besitzen, denn blitzschnell drehte er sich um und sah mich.

Nie werde ich diese Sekunde vergessen. Die Überraschung auf seinem Gesicht, das Entsetzen, die Furcht, die Angst, nun doch alles verloren zu haben.

Da sprang ich ihn an.

Er wollte noch zur Seite, doch er schaffte es nicht. Die Hände meiner ausgestreckten Arme bekamen ihn zu packen, sie klammerten sich in seinem Umhang fest, und ich riß Gordon Schreiber zu Boden. Es dröhnte, als er auf die Planken fiel.

Wie eine Katze krümmte er sich zusammen, zog die Beine an und stieß sie vor.

Ich wich aus. Mit der Handkante hämmerte ich zu, traf ihn irgendwo und hörte sein Stöhnen. Er gab nicht auf, rollte sich von mir weg, tauchte nach unten und stemmte plötzlich einen kleinen Eisenanker hoch, den er mir sofort entgegenschleuderte.

Ich kam nicht dazu, meine Waffe zu ziehen, sondern flog irgendwo nach rechts zu Boden, um nur nicht von diesem verdammten Anker getroffen zu werden.

Er traf mich auch nicht, doch sein Aufprall war so wuchtig, daß sein Gewicht sogar die Decksplanken einriß.

Ich hatte damit gerechnet, daß Schreiber mir folgen würde, das erwies sich als Irrtum. Er kam nicht, sondern floh. Für den Bruchteil einer Sekunde sah ich ihn auf der Reling stehen, dann verschwand er. Gordon Schreiber war in die Themse gesprungen.

Verdammt, in der Schweiz schon war er mir entkommen. Diesmal wollte ich ihn packen. Und wenn ich bis zur Mündung schwimmen mußte, was natürlich Unsinn war, aber ich steckte so voller Wut.

Nicht einmal die Hälfte der Strecke bis zur Bordwand schaffte ich, denn ich hörte den Schrei.

Aus dem Schiffsbauch.

Schreiber ade!

Unter mir befand sich jemand in großer Not. Daß ich den Niedergang so rasch fand, war reines Glück, da ich mich direkt in seiner Nähe aufhielt. Ich stolperte und fiel mehr die Stufen hinab, als daß ich überhaupt ging. Unterwegs riß ich noch mein Kreuz hervor, denn wahrscheinlich würde Wikka mich erwarten.

Die Tür stand offen. Schreiber hatte sie nicht ins Schloß gedrückt. Ich sprang in den dahinter liegenden Raum und sah zum erstenmal die Oberhexe Wikka.

Aber nicht sie allein, sondern auch Jane Collins.

Nackt und wehrlos lag sie vor einem Teufelsschrein. Wikka stand neben ihr, hatte ihre Arme hoch erhoben und hielt mit beiden Händen den Griff eines Opfermessers umfaßt.

Sie wollte die Klinge Jane Collins in den Leib stoßen!

*

Die Beretta konnte ich nicht mehr ziehen, diese Zeit blieb mir einfach nicht mehr.

Vielleicht rettete Jane ein Schrei.

»Neiiinnn!« brüllte ich.

Die Hexe zuckte zusammen, dabei rasten beide Arme nach unten, ich erstarrte vor Angst, doch die Klinge schlug einen Bogen und wies plötzlich auf mich.

Zwei Sekunden vergingen.

Eine Zeit, die ich nutzte. Mit beiden Händen packte ich die Kette, riß sie über meinen Kopf, und das Gesicht der Oberhexe verzerrte sich, als sie das Kruzifix sah.

Sie wollte das Messer noch werfen, als ich bereits mein wertvolles Kleinod schleuderte.

Selten zuvor in meinem Leben habe ich jemand gesehen, der so schnell war wie Wikka. Sie huschte zur Seite, als wäre sie nur noch ein Schatten, und das Kreuz traf nicht sie, sondern hieb in den offenen Schrein mit der Teufelsfratze.

Volltreffer!

Auf einmal packten mich unsichtbare Hände, wirbelten mich herum, ich krachte irgendwo gegen die Wand, hörte ein gewaltiges Heulen, und ein greller Blitzstrahl blendete mich.

»Sinclair, du Hund!« Die Stimme donnerte, und sie gehörte Asmodis, meinem Erzfeind. Sein Geist steckte in dem Bildnis, das durch die Macht des Guten, die Kraft des Kreuzes rigoros zerstört wurde. Dann fuhr etwas über mein Gesicht, ich riß die Arme hoch, spürte einen Schlag, sah ein glühendes Augenpaar und erkannte in einem grünen Schatten Wikkas Gesicht.

»Wir sehen uns wieder!« schrie sie. »Von nun an stehst auch du auf meiner Liste!«

Dann war sie weg.

Brandgeruch kitzelte meine Nase. Dagegen war ich verdammt allergisch.

Ich kam wieder auf die Füße und konnte mit ansehen, wie der Teufelsschrein verkohlte.

Mein Kreuz war stärker gewesen als die Magie der Hölle. Rasch hob ich es auf und hängte es mir wieder um den Hals. Dann kümmerte ich mich um die völlig apathische Jane Collins und nahm sie auf meine Arme. Ich hätte nie gedacht, daß sie so schwer sein würde, vielleicht war ich auch zu kraftlos. Als ich schließlich das Deck erreichte, da taumelte ich auch mehr als ich ging.

Jane war gerettet, doch Wikka und Gordon hatten die Flucht ergreifen können.

Von ihnen würde ich sicherlich noch hören, und ich sollte mich auch nicht getäuscht haben . . .

*

Die großangelegte Suchaktion blieb ohne Erfolg. Wir fanden Gordon Schreiber nicht. Er war ebenso verschwunden wie auch die Oberhexe Wikka.

Das Ufer der Themse und auch der Teil des Flusses hier am Battersea Park waren hell erleuchtet. Polizeiboote hatten einen Ring gezogen, und am Ufer standen mehrere Krankenwagen sowie ein Leichentransporter. Denn Tote hatte es leider gegeben.

Von den vier Hexenjägern auf dem Boot war niemand mit dem Leben davongekommen. Zu stark war die Explosion gewesen, und die Hexen waren verbrannt.

Man hatte Suko und mich in wärmende Decken gepackt, und sogar der Chinese trank Rum. Wir saßen in einem Einsatzwagen. Jane befand sich nicht bei uns. Ein Arzt kümmerte sich um die völlig apathische Frau. Die Mediziner mußten erst einmal herausbekommen, welch ein Mittel man ihr gegeben hatte.

Bill Conolly ging es am schlechtesten. Er hatte schwere Verbrennungen abbekommen und mußte wohl für zwei Wochen im Krankenhaus bleiben. Sheila wußte schon Bescheid.

Als die Tür des Wagens aufgerissen wurde und Sir James, unser Chef, auftauchte, machten wir nicht gerade glückliche Gesichter. Der Superintendent hörte sich unsern Bericht an und schüttelte ein paarmal den Kopf.

Seine Antwort überraschte mich. Ich hatte eine Schimpfkanonade erwartet oder zumindest bissige Vorwürfe, doch Sir James baute uns mit der Erwiderung auf.

»Was wollen Sie, meine Herren? Sie haben gegen zwei Parteien gekämpft. Gegen Menschen und Wesen, die in der Überzahl waren. Sie haben eine Hochzeit verhindern können und eine Hinterlassenschaft des Teufels zerstört. Gordon Schreiber und Wikka laufen Ihnen nicht davon. Sie gieren doch nach Rache.«

Suko schaute mich an, ich ihn. Dann nickten wir gemeinsam und sagten fast synchron: »Sie haben recht, Sir. Wie immer.«

Noch nie habe ich Sir James bei einem Fall, der für uns nicht gerade ein Ruhmesblatt gewesen ist, strahlen sehen. An diesem Tage tat er es, was für mich ein kleines Wunder war.

Aber die soll es ja hin und wieder auch geben – oder nicht?

E N D E

GEISTERJÄGER
JOHN SINCLAIR
Die große Horror-Serie
von Jason Dark

Band 73 026

Jason Dark

Kalis Schlangengrube

Originalausgabe

Unter den gefährlichen Dämonen gehört die Göttin Kali zur Spitze. Ich hatte es am eigenen Leibe erfahren müssen und wußte auch, daß es mir nicht gelungen war, Kali zu vernichten.
Sie lebte weiter und schmiedete gefährliche Pläne.
Nicht in ihrer Heimat Indien schlug sie zu, sondern in London. Schlangen tauchten auf. Kaum eine Straße wurde verschont. Kalis Rache war fürchterlich, und sie bekam noch Unterstützung durch Wikka, die oberste aller Hexen.
Sie und Kali traten an, um mich in der Schlangengrube zu vernichten . . .

BASTEI LÜBBE